PROTEGGERE KIERA

Armi & Amori, Book 11

SUSAN STOKER

Titolo originale: *Protecting Kiera*
Traduzione dall'inglese di Ernesto Pavan
Design di copertina: Chris Mackey, AURA Design Group
Prodotto negli Stati Uniti

Also by Susan Stoker

Armi e Amori

Proteggere Caroline

Proteggere Alabama

Proteggere Fiona

Il Matrimonio di Caroline

Proteggere Summer

Proteggere Cheyenne

Proteggere Jessyka

Proteggere Julie

Proteggere Melody

Proteggere il Futuro

Proteggere Kiera

Proteggere i figli di Alabama

Proteggere Dakota

Delta Force Heroes

Salvare Rayne

Salvare Emily

Salvare Harley

Il Matrimonio di Emily

Salvare Kassie

Salvare Bryn

Salvare Casey

Salvare Sadie

Salvare Wendy

Salvare Mary

Salvare Macie

Salvare Annie (Feb 2022)

Forze Speciali alle Hawaii

Trovare Elodie

Trovare Lexie (10 Aug 2021)

Trovare Kenna (Oct 2021)

Trovare Monica

Trovare Carly

Trovare Ashlyn

Trovare Jodelle

Mercenari di Montagna

Difendere Allye

Difendere Chloe

Difendere Morgan

Difendere Harlow

Difendere Everly

Difendere Zara

Difendere Raven

Ace Security *(Prossimamente)*

Il riscatto di Grace

Il riscatto di Alexis
Il riscatto di Bailey
Il riscatto di Felicity
Il riscatto di Sarah

CAPITOLO UNO

Kiera Hamilton se ne stava in un angolo del *My Sister's Closet*[1], il negozio di abiti di seconda mano di proprietà della sua amica Julie Hurt, e sorseggiava lo champagne tiepido che centellinava da buona parte della serata.

Aveva accettato di partecipare alla festa solo perché Julie si era lasciata sfuggire che ci sarebbe stato anche Cooper.

Cooper Nelson. Quell'uomo era un metro e ottantotto di perfezione, nonché decisamente fuori dalla sua portata. Non solo: era anche troppo giovane per lei. C'era un milione di altri motivi per i quali era stupido, da parte di Kiera, avere una cotta da scolaretta per quell'uomo, ma ciò non le aveva impedito di fare i salti mortali per partecipare alla festicciola.

Kiera aveva conosciuto Julie quando, con la sua

prima, aveva fatto il giro della base della Marina. Julie era lì per far visita al marito e, quando uno dei bambini si era fatto la pipì addosso, era giunta in suo soccorso. Aveva la macchina piena di vestiti che aveva appena ritirato dalla lavanderia per esporli nel suo negozio e, per puro caso, fra questi c'erano due paia di pantaloncini da bambino. Kiera e Julia avevano stretto amicizia e ora trascorrevano la maggior parte del loro tempo libero insieme.

Kiera sapeva tutto del passato di Julie... compreso che era figlia di un senatore e che era stata rapita qualche anno prima. Julie era stata sincera, dicendo di essersi comportata in maniera orribile coi suoi salvatori nel corso di quell'ordalia, e concludendo affermando di avere la sensazione di aver finalmente trovato la persona con cui era destinata a stare.

Julie possedeva e gestiva il negozietto, che vendeva vestiti di marca usati. Inoltre, donava una buona percentuale della sua merce a donne senzatetto che avevano bisogno di vestiti buoni per sostenere colloqui di lavoro, a ragazze povere che necessitavano di abiti lunghi da indossare ai balli della scuola e, negli ultimi tempi, aveva persino cominciato a vendere abiti maschili, oltre che a donare completi di Armani e di altre grandi firme a uomini sfortunati che avevano bisogno di fare buona impressione.

"Ti stai divertendo?"

Kiera sussultò e per poco non lasciò cadere il bicchiere di champagne, ma riuscì a tenerselo stretto. Si voltò e sorrise a Julie. “Ma certo. Devi essere felicissima di tutta questa partecipazione.”

Il sorriso di Julie era enorme mentre annuiva. “A volte mi do un pizzicotto, da tanto sembra incredibile come sono andate bene le cose. Non solo ho trovato l’uomo dei miei sogni, ma sono riuscita a fare la differenza nella vita di molte persone. È bello.”

Kiera sorrise radiosa alla sua amica. I festeggiamenti di quella sera erano dovuti al fatto che una giovane donna alla quale Julie aveva regalato un completo professionale qualche anno prima era stata intervistata da una televisione locale di Los Angeles e la storia aveva poi avuto un’eco a livello nazionale. La storia della donna, sfortunatamente, non era inusuale: era fuggita da una relazione violenta, si era data alla droga ed era finita a vivere in mezzo a una strada. Si era ripulita quanto bastava per avere accesso a un rifugio per senzatetto, ma non riusciva a trovare un impiego.

Julie l’aveva conosciuta durante il suo primo anno di affari, nel corso di una delle sue visite al rifugio per parlare con le donne che lo gestivano. Aveva invitato Rebecca, la donna in cerca di lavoro, nel suo negozio, per farle scegliere gratuitamente un completo. In sintesi, Rebecca aveva ottenuto il lavoro e ora, due anni dopo, era arrivata a diventare dirigente.

La festa era più che altro destinata a celebrare il successo di Rebecca, ma anche l'influsso di donazioni, tanto in denaro quanto in indumenti, era motivo di gioia.

Kiera si guardò attorno, notando che alla festa partecipavano diversi membri dell'élite di Riverton. C'erano il sindaco e sua moglie, e lei riconobbe anche il capo della polizia. Mentre passava lo sguardo lungo la stanza, si soffermò su Cooper e sospirò. Era proprio cotta.

Cooper aveva militato come Navy SEAL al comando del marito di Julie, ma era rimasto ferito in missione e si era congedato. Un ordigno era esploso troppo vicino a lui e, pur essendo sopravvissuto senza subire mutilazioni, l'uomo aveva perso l'udito nell'orecchio destro e quasi il settanta per cento dell'udito in quello sinistro.

Kiera lavorava coi bambini sordi alla Scuola per Sordi di Riverton e aveva conosciuto Cooper quando questi era venuto a fare volontariato. La prima volta che lo aveva visto nel corridoio della scuola, era rimasta stupita dall'attrazione immediata che aveva provato nei suoi confronti. Non era il genere di donna che si infoiava a prima vista, ma Cooper le faceva effetto. Era alto, cosa che lei adorava. Sebbene

Kiera avesse trascorso la vita a guardare le persone dal basso, c'era qualcosa, in un uomo che torreggiava su di lei, che la eccitava. La faceva sentire più femminile, più protetta... qualcosa.

Cooper aveva occhi color ruggine, di una sfumatura più chiara dei capelli castano chiaro, che avevano decisamente bisogno di una spuntatina. Allora, indossava dei jeans che si modellavano attorno alle sue cosce muscolose e una polo dalle maniche corte che metteva in risalto i suoi bicipiti gonfi. Tutto sommato, era attraente e minaccioso al tempo stesso.

Lei era semplicemente Kiera. Non un supersoldato o una persona straordinaria. Come molte donne, aveva qualche chilo di troppo sul suo fisico minuto e sembrava proprio che non riuscisse a liberarsene... non che ci avesse provato davvero. Dopo una brutta esperienza con una dieta estrema ai tempi dell'università, Kiera aveva deciso di vivere una vita all'insegna della moderazione, non della privazione. Mangiava e beveva quello che voleva, cercava di tenersi abbastanza attiva senza diventare una fanatica della palestra e, di conseguenza, era felice del suo corpo.

Ma quel giorno, guardando Cooper, aveva rimpianto all'improvviso di non trascorrere più tempo in palestra e di aver mangiato quella confezione di biscotti delle girlscout la sera prima. Tuttavia, incredibilmente, lui non era parso curarsi del suo peso. Le aveva sorriso. Le aveva stretto la mano e, a meno che lei non avesse completamente frainteso il suo sguardo, era parso attratto da lei.

Da quel primo incontro, Kiera aveva parlato con Cooper tutte le volte che questi era venuto a far visita alla scuola. Avevano riso insieme e a lei era sembrato che le cose stessero andando bene. Si era convinta che l'attrazione fosse reciproca, ma l'uomo non aveva preso alcuna iniziativa. Si era detta che forse Cooper era riluttante perché lei lavorava alla scuola dove lui faceva volontariato; per cui, quando Julie aveva detto che Cooper aveva promesso di venire alla festa, Kiera aveva colto la palla al balzo e aveva partecipato.

Ma avrebbe anche potuto rimanere a casa, facendo quello che di solito faceva il sabato sera... ovvero starsene seduta sul divano a leggere o a guardare la TV. Cooper era alla festa, ma sembrava quasi che la stesse evitando, mantenendosi dalla parte opposta del negozio rispetto a lei. Kiera lo aveva osservato e l'uomo le era parso nervoso e irritato; non parlava con nessuno e si limitava a salutare con cenni del mento gli altri SEAL presenti.

Kiera aveva una buona stima di sé, le piaceva il suo lavoro, amava lavorare coi bambini e, pur essendo bassa, in fin dei conti amava il proprio corpo. In generale, non le dispiaceva di essere introversa, preferendo restare tranquilla a casa piuttosto che uscire con le amiche. Ma starsene in un angolo a guardare i capannelli di donne che ridevano insieme, il modo in cui gli uomini impegnati adoravano le mogli senza che queste sembrassero accorgersene e il marito di Julie, Patrick, che continuava a lanciare occhiate alla moglie e a sorridere, rendevano l'atteggiamento freddo di Cooper – dopo che lei aveva creduto che avessero fatto amicizia – ancora più frustrante e deprimente.

Venne strappata alle sue meditazioni dalla mano di Julie sul braccio. Si era quasi dimenticata che l'altra donna era accanto a lei e che stavano parlando di come Julie si era messa con suo marito. "Hai fatto una grande differenza a Riverton. Dovresti essere orgogliosa di te."

Lo sguardo di Kiera corse alle spalle dell'altra donna e lei disse: "A proposito dell'uomo dei tuoi sogni." Finì di parlare un attimo prima che Patrick raggiungesse Julie alle spalle e le passasse un braccio attorno alla vita.

"È bello vederti, Kiera," disse l'uomo dopo aver baciato la moglie sulla tempia.

"Idem. Tutto bene alla base?"

"Non posso lamentarmi. Hai parlato con Coop questa sera?"

Kiera non era stupita dal fatto che l'uomo avesse

sollevato l'argomento. Le aveva detto, in confidenza, che Cooper stava facendo fatica ad abituarsi alla vita da civile. Era stata sua intenzione restare in Marina finché glielo avessero permesso... ma la perdita della maggior parte dell'udito aveva concluso quell'esperienza circa vent'anni prima che lui fosse pronto.

"No. Non ci siamo incrociati," rispose onestamente Kiera, senza aggiungere che ciò non era certo avvenuto per mancanza di tentativi da parte sua.

"Quel testardo di un marinaio," borbottò sottovoce Patrick.

Lo sguardo di Kiera corse, quasi senza che lei ci pensasse, all'angolo che Cooper aveva occupato fino a quel momento. L'uomo era ancora lì, accigliato e con un'aria estremamente tesa. Kiera sapeva che Julie stava parlando, ma la sentiva a malapena. C'era qualcosa, nel linguaggio del corpo di Cooper, che la tormentava. Inclinò la testa e tenne lo sguardo fisso su di lui per un lungo istante.

"... giusto?" Julie le diede un colpetto sul braccio per attirare la sua attenzione.

"Scusami... come?" chiese Kiera, rivolgendo a Julie un'occhiata di scuse.

"Stavo dicendo che Patrick ha parlato col suo segretario e–"

"Assistente," la interruppe Patrick.

"Come?" chiese Julie.

"Assistente. Non segretario. Non credo che a Cutter piacerebbe sentirsi dare del segretario."

Julie levò gli occhi al cielo all'indirizzo di suo marito e sorrise a Kiera. "Chiedo scusa... L'assistente di Patrick," disse, sollevando le mani e usandole per tracciare delle virgolette immaginarie, "ha detto che sarebbe felice di organizzare un'altra visita, se vuoi. Gli è piaciuto moltissimo stare coi bambini."

"Non saprei. La nostra presenza era piuttosto ingombrante," disse con riluttanza Kiera. Era vero: portare in gita dei bambini privi dell'udito non era mai facile, ma una gita in una base attiva, con uomini in uniforme e un sacco di cose interessanti, aveva entusiasmato particolarmente il gruppetto. I quattordici bambini della sua classe avevano contenuto a stento l'entusiasmo, gesticolando nel loro limitato vocabolario e adorando l'attenzione ricevuta dai marinai.

"Mai abbastanza," disse Patrick con un sorriso. "I bambini sono un dono divino." La sua mano si spostò sul ventre di Julie, che lui strinse a sé, senza smettere di accarezzarla.

"Oddio, sei incinta?" esclamò di getto Kiera, gli occhi spalancati.

Julie sorrise e sollevò la testa verso Patrick. Si portò una mano a coprire quella di lui sul ventre e annuì.

"Congratulazioni! È fantastico!" esclamò Kiera.

"Grazie. Siamo molto felici," disse Julie.

"E ne avete ben donde. Quando partorirai?"

"Fra circa sei mesi. Sono solo alla dodicesima settimana, circa."

"Davvero, è fantastico."

"Sì. Siamo d'accordo. Comunque, Coop è venuto qualche volta alla scuola, vero?" chiese Patrick.

Kiera annuì. "L'ho visto diverse volte la settimana scorsa. Una volta, abbiamo persino pranzato insieme."

"Allora che problema ha?" si chiese ad alta voce Patrick, rivolto più a se stesso che alle donne vicino a lui. "Se ne sta lì a fare il coglione. Vado a dirgli che deve togliersi la testa dal culo o può andare a casa."

Patrick si mosse per fare esattamente quello e, in quel momento, Kiera capì qual era il problema di Cooper.

"No, non farlo. Ci parlo io."

Lo sguardo di Patrick e quello di Julie si spostarono su di lei. "C'è qualcosa che dovrei sapere?" chiese Patrick in tono autoritario.

Kiera si affrettò a scuotere la testa. "È solo che... credo di sapere perché è di cattivo umore, questa sera."

"Vuoi dirlo anche a noi?" chiese Patrick.

Kiera si morse il labbro in preda all'indecisione.

"Come non detto," disse il marito di Julie. "Immagino che non abbia importanza. Se riesci a dargli una regolata, te ne sarò grato. Ma, Kiera..."

Lei sollevò lo sguardo su quell'uomo alto e imperioso. Più di una volta, dopo aver parlato con Patrick, aveva pensato che Julie fosse una donna fortunata. Lui era tutto ciò che lei aveva sempre voluto in un uomo... e che non era mai riuscita a trovare. Forte, sicuro di sé, gentile e protettivo.

Quando lei incrociò il suo sguardo, Patrick proseguì: "Se non si comporta bene con te, dimmelo. Potrà anche non essere più un mio sottoposto, ma nessun uomo può mancare di rispetto a una donna quando ci sono io. Lo terrò d'occhio."

Kiera deglutì a fatica. Conosceva Julie e Patrick, ma non poteva esattamente dire che fossero ottimi amici. Ma era bello sentir dire a Patrick che l'avrebbe sostenuta. Molto bello. Era trascorso molto tempo da quando qualcuno aveva fatto ciò che il marito di Julie aveva offerto di fare... anche se lei non lo riteneva necessario.

"Me la caverò," assicurò a Patrick. "Cooper non farebbe mai nulla del genere."

Patrick fece spallucce. "Forse il Coop che conoscevamo lo avrebbe fatto. Ma da quando è rimasto ferito, non ne sono più sicuro."

Kiera cominciò a infastidirsi. Anche se Cooper

l'aveva ignorata per tutta la sera, non credeva che le avrebbe mancato di rispetto direttamente e voleva comunque difenderlo. "Forse non lo conosci bene come lo conosco io," ribatté, arrossendo per la rabbia. Era una risposta infantile, dato che l'uomo conosceva Cooper molto meglio di lei, ma Kiera non poteva semplicemente starsene lì senza dire niente.

Per un lungo istante, Patrick non rispose; poi le sue labbra ebbero un guizzo, come se stesse trattenendo un sorriso. "Fammi sapere se posso esserti d'aiuto in qualunque modo."

"Lo farò," si costrinse a dire Kiera. Non voleva far incazzare il comandante, ma insomma. "Ci sentiamo, Julie."

"Alla prossima, Kiera," rispose l'altra donna.

Kiera appoggiò il bicchiere di champagne su un vassoio vicino e attraversò la stanza diretta verso Cooper. Non riusciva a credere di averci messo tanto a capire quale fosse il problema dell'uomo. Ora che lo aveva fatto, ce l'aveva a morte con se stessa per non aver agito prima.

CAPITOLO DUE

Cooper Nelson se ne stava appoggiato alla parete della piccola boutique che apparteneva alla moglie del suo ex-comandante e fissava come istupidito le persone che interagivano attorno a lui. Gli sembrava che stesse per scoppiargli la testa. Guardò l'orologio per vedere quanto a lungo avrebbe dovuto soffrire ancora prima di potersi congedare senza fare torto a nessuno. Voleva sinceramente essere lì; era felice per Julie e Patrick. Ma il fischio all'orecchio lo stava uccidendo. Era quasi ironico che, pur avendo lui perso parzialmente l'udito, al momento avrebbe voluto averlo perso del tutto.

Cooper non aveva pensato molto alla festa e all'effetto che gli avrebbe fatto. Semplicemente, era salito in macchina e si era presentato, come avrebbe fatto prima di rimanere ferito. Ma più stava lì e più persone riempivano lo spazio ristretto, più lui si rendeva conto che il ronzio delle voci e della musica a basso volume era amplificato dal suo apparecchio acustico. Aveva provato ad abbassare il volume del congegno, ma non era più riuscito a sentire quello che gli diceva la gente, per cui lo aveva rialzato. E il fatto che il rumore si sentisse solo da un lato della sua testa lo faceva sentire sbilanciato e gli provocava persino un po' di nausea.

Era arrivato al ritrovo entusiasta all'idea di rivedere Julie, ma il suo entusiasmo era rapidamente svanito quando si era reso conto di quanto fosse difficile sentirci, e ora non avrebbe desiderato altro che tornare a casa e nascondersi nel suo appartamento felicemente silenzioso.

Proprio quando aveva deciso che era giunto il momento di andarsene, che fosse maleducazione o meno, sentì una mano sul braccio. Abbassando lo sguardo, vide il motivo per cui si trovava alla festa in piedi accanto a lui, con la fronte aggrottata per la preoccupazione.

Kiera Hamilton.

Era affascinato da quella donna sin dal giorno in cui l'aveva conosciuta. Patrick gli aveva consigliato/ordinato di fare volontariato presso una scuola per sordi vicino alla base e Cooper non era stato contento. Aveva avuto la sensazione che il suo comandante gli stesse ficcando in gola la sua disabilità e questo lo aveva fatto incazzare. Era andato, ma aveva giurato a se stesso che lo avrebbe fatto solo una volta, per accontentare Patrick.

Nel momento in cui aveva visto Kiera, era rimasto fulminato.

Fulminato. Era una parola davvero sciocca per descrivere il modo in cui lei lo faceva sentire. Non importava che quella donna avesse dieci anni più di lui o che fosse ben al di fuori della sua portata. Nell'istante in cui l'aveva vista comunicare nel linguaggio dei segni con un bambino nel bel mezzo della mensa, gli era venuta voglia di conoscerla.

Aveva vissuto tante situazioni brutte nei suoi ventisette anni di vita, situazioni di cui un essere umano non avrebbe mai dovuto essere testimone, né tantomeno complice. Lo aveva sempre saputo. Aveva sempre saputo che essere un Navy SEAL non era tutto gloria hollywoodiana e salvataggi, ma la realtà era stata molto più dura di quanto lui avesse immaginato. Pezzi di esseri umani sparsi sulla sabbia dopo l'esplosione di una bomba, ostaggi che avevano subito abusi tali da diventare semplici gusci di ciò che erano stati un tempo, sangue, viscere, violenza e il peggio che l'umanità aveva da offrire.

Non ricordava molto dell'esplosione che lo aveva privato dell'udito... ricordava solo il dolore terribile alle orecchie e il sangue che si riversava da esse come se qualcuno avesse aperto al massimo un rubinetto.

Ma la vista del sorriso di Kiera quando erano stati presentati aveva quasi fatto svanire tutto ciò che aveva visto e fatto. Lei era la sua ricompensa, anche se non lo sapeva ancora.

Per cui, quando Patrick gli aveva detto senza troppa sottigliezza che Kiera sarebbe venuta alla festa di sua moglie, Cooper aveva preso al volo l'occasione di parlarle al di fuori del lavoro. Di discutere di qualcosa che non fosse l'apprendimento del linguaggio dei segni, il funzionamento del suo apparecchio acustico o quello che lui pensava dei pasti che aveva consumato in mensa coi bambini.

Ma le sue fantasie di chiacchierare con lei in un ambiente neutro erano svanite come fumo quando Cooper si era reso conto che non sarebbe mai riuscito a parlare con la donna in quella stanza rumorosa; era stato allora che aveva avuto inizio il dolore.

"Vieni," disse Kiera.

Cooper non sentì le parole; gliele lesse sulle labbra. La donna lo stupì enormemente quando gli prese la mano e tirò. Senza protestare – Kiera poteva tenergli la mano ovunque, in qualunque momento – Cooper la seguì docilmente.

Se i suoi vecchi commilitoni avessero potuto vederlo, si sarebbero fatti delle grasse risate. La donna che gli stringeva la mano non sarebbe riuscita a smuoverlo se lui non avesse voluto, ma lui voleva. Cooper non aveva idea di dove lei lo stesse portando, ma la cosa non aveva importanza. L'avrebbe seguita fino alla fine del mondo. Poterle guardare il culo con la gonna era semplicemente un di più. Anche se gli sembrava di avere centinaia di gnomi che gli martellavano in testa con dei minuscoli martelli, Cooper sorrise.

Mentre la donna minuta lo conduceva verso la porta della boutique, Cooper appoggiò il bicchiere di champagne che non aveva bevuto su un tavolo vicino al quale passarono. Notò distrattamente che Kiera liquidò con un gesto almeno tre persone, senza fermarsi a discutere, nemmeno per qualche parola di circostanza. Lui apprezzò la cosa. Aveva bisogno di aria fresca. Molto bisogno. Prima che la nausea che gli vorticava nello stomaco avesse il sopravvento. Non credeva che Julie sarebbe stata contenta se lui avesse vomitato su tutto il pavimento del negozio.

Incrociato lo sguardo di Patrick, Cooper sollevò il mento in una specie di saluto. In risposta, l'altro uomo gli fece il segno che significava "attenzione".

Kiera non gli diede il tempo di rispondere, ma Cooper comprese l'ammonizione di Patrick. Kiera era amica di sua moglie. Se Cooper le avesse fatto un torto, avrebbe fatto un torto al suo ex-comandante.

Ma Cooper non aveva intenzione di fare un torto a Kiera... tutt'altro.

Gli passò per la mente che i gesti che la squadra usava per comunicare quando non si poteva parlare somigliavano molto al linguaggio dei segni, ma prima che lui potesse soffermarsi su quell'idea, uscirono dal negozietto.

Il silenzio immediato della notte fu piacevolissimo. Persino il leggero fischio all'orecchio sinistro era tollerabile. Kiera non si fermò, ma proseguì come se avesse in mente una destinazione specifica, e Cooper non disse una parola.

La donna lo condusse oltre i negozietti indipendenti disposti lungo la strada in cui si trovava il negozio di Julie, fino a quando non raggiunsero una piccola piazza. Gli ricordava quelle dei paesi di campagna del Midwest in cui era cresciuto; mancava solo un grosso tribunale. C'era un edificio al centro della zona – Cooper non aveva idea di cosa ci fosse dentro – e attorno a esso c'era un prato verde, con una specie di fontana in disparte e una gran quantità di panchine. Era un luogo accogliente, dove i clienti dei negozi venivano a riposarsi, i dipendenti a pranzare e i genitori potevano portare i bambini a prendere un po' d'aria fresca invece che tenerli chiusi in casa.

Kiera lo condusse a una panchina e si fermò.

Indicò la panchina e disse, nel linguaggio dei segni, "Seduto." Cookie fece un sorrisetto, ma obbedì.

Una volta che furono entrambi seduti, lei lo guardò accigliata e disse lentamente, dandogli la possibilità di leggerle le labbra nel caso gli fischiassero ancora le orecchie: "Quando ti trovi in uno spazio ristretto con molte persone, dovresti spegnere l'apparecchio acustico. Ti fa solo venire mal di testa."

Aveva ragione.

"Hai ragione." Cooper era solito cercare di regolare il volume della sua voce, ma senza successo. A volte si rendeva conto di parlare troppo forte, mentre in altre occasioni la persona con cui parlava era costretta a chiedergli di ripetersi, come se lui avesse quasi bisbigliato senza rendersene conto; ma Kiera non gli dava alcun indizio sul fatto che il livello della sua voce fosse appropriato o meno. Si limitava a rispondere.

"Lo so."

Cooper non riuscì più a trattenere il sorriso. "Come hai fatto a capirlo?"

"Che non stavi bene?"

Lui annuì.

"A parte il fatto che avevi sempre le sopracciglia corrugate, continuavi a inclinare la testa verso sinistra come per bloccare il rumore, continuavi a toccarti l'orecchio e stringevi gli occhi?"

Il sorriso abbandonò il volto di Cooper. Maledizione. Pensava di aver nascosto meglio il disagio. "Sì, a parte quello."

Kiera gli appoggiò una mano sulla gamba. Il calore del suo tocco fu quasi ustionante per lui. Cooper si immobilizzò, non volendo muoversi nemmeno di un centimetro se ciò avrebbe significato che lei avrebbe tolto la mano.

"Tanto per cominciare, ho visto dei bambini parzialmente udenti nella mia classe comportarsi nella stessa identica maniera quando c'era troppo rumore. Ci ho messo un po', perché sono abituata a tener d'occhio la classe in cerca di indizi che l'apparecchio acustico dia fastidio a un bambino, non durante una festa come quella di stasera. E poi, ti stavi comportando in maniera maleducata. Non parlavi con nessuno. Non mi hai nemmeno salutata."

"Mi dispiace. È–"

"No, non scusarti. Nemmeno io avrei voglia di chiacchierare se mi ne fischiassero le orecchie e qualcuno stesse usando un martello pneumatico nella mia testa." Kiera sorrise nel dirlo e Cooper vide la sincerità nei suoi occhi.

"Come fai a sapere come ci si sente?"

"Non lo so. Non in prima persona. Ma ho parlato con abbastanza studenti e li ho sentiti descrivere abbastanza a lungo la sensazione che ho imparato a riconoscerla. Ma con te ci ho messo di più."

Quando lei non proseguì, Cooper chiese: "Perché?"

Un leggero rossore risalì il collo della donna fino alle guance, conferendole un colorito roseo. Kiera allontanò la mano da quella di Cooper e la congiunse con l'altra nel grembo. Distolse lo sguardo da lui e fece spallucce.

Cooper le mise un dito sotto il mento e la fece voltare delicatamente verso di sé. "Perché?" ripeté.

"Ci sono rimasta male quando mi è sembrato che non volessi parlare con me," rispose di getto Kiera, per poi serrare le labbra.

"Mi dispiace."

"No, va tutto bene. È una cosa stupida. È solo che... Di solito sto a casa nel fine settimana. Sono molto introversa e, dopo una settimana trascorsa a stare coi bambini e a parlare con gli altri insegnanti e coi genitori, sono esausta. Ma quando Julie mi ha detto che saresti venuto alla sua festa, ho pensato che magari avremmo potuto parlare fuori dalla scuola." La donna fece spallucce, senza distogliere lo sguardo dal suo. "Poi sono arrivata qui e tu non mi hai degnata nemmeno di uno sguardo. Mi ha fatto male. Ma adesso capisco. Non è niente."

Lo stomaco di Cooper si contrasse, ma questa

volta non per la nausea. Kiera avrebbe voluto parlare con lui. Era venuta alla festa perché ci sarebbe stato anche lui. Si sentì come quando aveva avuto dieci anni e Renee Vanderswart, un giorno, aveva detto che poteva accompagnarla a prendere l'autobus dopo la scuola. Frastornato. Elettrizzato.

Appoggiò una mano sul suo grembo sopra quelle di lei. "Sono venuto solo perché Patrick mi aveva detto che ci saresti stata anche tu."

Cooper vide gli occhi azzurri della donna illuminarsi. "Davvero?"

"Sì," confermò lui. "Ma quando sono arrivato qui, era già pienissimo. Non appena sono entrato nel negozio, il mio apparecchio acustico ha cominciato a ronzare. Sapevo che non sarei riuscito ad avere una conversazione decente con te ed ero troppo cocciuto e imbarazzato per togliermi quello stupido arnese e mettermi a toccacciarlo. Per cui, ho pensato che sarei rimasto il minimo necessario a non offendere nessuno e poi me ne sarei andato. Avevo già deciso di spiegartelo quando ti avrei vista a scuola fra qualche giorno."

"Capisco."

"Io non penso," ribatté Cooper.

Kiera inclinò la testa e aggrottò la fronte.

"Kiera, io volevo fare colpo su di te. Ma sapevo che non sarei riuscito a sentirmi mentre parlavo e che non mi sarei reso conto se stessi urlando o bisbigliando. Per non dire che non sarei riuscito a sentire quello che avresti detto tu. Sto diventando più bravo a leggere le labbra, ma faccio ancora molta fatica. E, già che stiamo parlando onestamente, non riesco ancora a rendermi conto se sto parlando troppo forte o troppo piano, ma ti sento piuttosto bene."

"Te la cavi bene," lo rassicurò lei.

Cooper le strinse le mani. "Il punto è che io voglio che tu mi veda come un uomo, Kiera. Non come un ex-marinaio ferito. Non come uno studente."

La donna lo fissò per un lungo istante e Cooper sentì il cuore che gli batteva forte nel petto. Era ridicolo. Aveva trascorso ore intere a guardare dal mirino di un fucile, aspettando il momento giusto per premere il grilletto, senza provare quel genere di adrenalina.

Kiera trasse un respiro profondo, ma non distolse lo sguardo da lui. Sotto molti punti di vista, era immensamente più coraggiosa di quanto lui fosse mai stato.

"Sono abbastanza vecchia da poter essere tua madre."

Cooper la fissò per un momento, quindi gettò la testa all'indietro e rise. Quando riprese il controllo, tornò a guardare Kiera e ridacchiò nuovamente. La donna lo stava guardando storto con gli occhi stretti.

Lui le passò un dito fra le sopracciglia. "L'unico modo in cui potresti essere mia madre sarebbe se fossi stata sessualmente attiva alle elementari, tesoro."

"Non hai capito il punto," sbuffò lei, cercando di allontanare le mani. "E poi, come fai a sapere quanti anni ho?"

Cooper si fece serio. "Ho capito benissimo e ho chiesto a Patrick."

La donna rimase a bocca aperta. "Hai chiesto a Patrick?"

"Sì. Lui ha chiesto a sua moglie, che gliel'ha detto, e lo ha detto a me. Hai trentasette anni. Lavori da dieci alla Scuola per Sordi di Riverton. Tua madre è sorda; è per questo che hai imparato il linguaggio dei segni. Non sei mai stata sposata e non hai avuto relazioni serie negli ultimi cinque anni. Hai conosciuto Julie quando hai portato i tuoi studenti a fare un giro alla base. Lei aveva un paio di pantaloncini di ricambio per uno dei tuoi studenti quando lui ha avuto un incidente."

Kiera lo guardò con gli occhi spalancati.

Cooper sorrise; adorava avere il coltello dalla parte del manico. Adorava quel ballo. Si era mosso in punta di piedi abbastanza a lungo. Era ora di smetterla e di rivelarle i suoi sentimenti. "Sì, gliel'ho chiesto, Kiera. Volevo sapere tutto di te."

"Perché?"

"Devi proprio chiedermelo?"

Per la prima volta, la donna abbassò lo sguardo e il rossore tornò.

"Voglio conoscerti. Voglio sapere cosa ti piace mangiare, come è stata la tua infanzia. Voglio conoscere i tuoi genitori, ma spero che prima mi insegnerai a usare meglio il linguaggio dei segni. Voglio parlare con tua madre e sentirmi raccontare com'eri da bambina. Voglio vedere com'è casa tua, sapere se sai cucinare e cosa ti piace guardare in TV."

La donna si morse il labbro e trasse un respiro profondo.

Cooper si costrinse a continuare. "Voglio tutto questo, ma so che tu potresti avere di molto meglio che me. Ho visto delle cose che ti farebbero inorridire. Cose a cui non vorrei mai più pensare e di cui non vorrei mai più parlare. Più spesso che no, sono rozzo e dico le cose sbagliate. Non ho pazienza per gli stupidi e non sono sicuro di volere dei figli. Non sono laureato e sono disabile. Temo di non essere in grado di proteggere una donna come dovrei, dato che non sento quello che succede attorno a me, e questo è uno schifo."

"Cooper–" esordì Kiera, ma lui la interruppe; voleva sfogarsi.

"Non me ne frega un cazzo dei dieci anni che ci separano. Ne ho ventisette, ma a volte mi sembra di averne ottantasette. Non è questione di numeri, è questione che ho una voce che mi grida dentro che tu sei la ragione per cui quella bomba non mi ha fatto a pezzi. Avrebbe dovuto farlo, Kiera. Ero proprio lì accanto. So che sembra assurdo, ma credo che tutto accada per una ragione e la ragione per cui ho perso l'udito è stata poterti conoscere. Chiedo solo un'occasione. Dammi la possibilità di dimostrarti che non sono uno stronzo... beh, non con *te*. Giuro che, se mi lascerai entrare nella tua vita, io farò tutto il possibile per rendere i tuoi prossimi quarant'anni migliori dei primi."

Cooper smise di parlare e vide le emozioni vorticare negli occhi di Kiera. Trattenne il respiro, in attesa della risposta di lei.

CAPITOLO TRE

KIERA FISSÒ INCREDULA COOPER. C'erano così tante cose in quello che aveva detto... Non sapeva da dove cominciare.

Aveva chiesto di lei. Di lei. E non solo aveva chiesto, ma aveva scavato a fondo.

Ma una cosa risaltava su tutto. "Tu non sei disabile."

L'uomo sbuffò. "Non voglio darti una brutta notizia, ma lo sono."

Kiera scosse con veemenza la testa. "Gandhi ha detto: 'La forza non deriva dalla prestanza fisica. Deriva da una volontà indomabile.' L'altra mia citazione preferita è di Oscar Pistorius. È quel corridore sudafricano a cui, da bambino, hanno amputato entrambe le gambe sotto il ginocchio."

"So chi è," disse sorridendo Cooper. "Ma non lo avevano condannato perché ha ucciso la sua ragazza?"

"Sì, ma quello non conta. Anzi, probabilmente non fa altro che sottolineare il concetto che voglio esprimere. Scommetto che, se lui si fosse considerato disabile, non sarebbe riuscito a uccidere nessuno. *Comunque* ti stavo dicendo una cosa che lui ha detto una volta: 'Non sei disabile per le tue disabilità, sei abile per le tue abilità.'"

"Non sono sicuro che le mie abilità siano qualcosa che la gente perbene vuole o di cui ha bisogno," osservò sarcastico Cooper.

Kiera spostò una delle sue mani sulla gamba di lui e disse a bassa voce: "Io insegno ai miei bambini che possono diventare tutto ciò che desiderano. Possono fare tutto ciò che desiderano. Possono anche aver bisogno di fare qualche adattamento, ma il solo fatto che non abbiano mai visto un cantante d'opera sordo non significa che non ce ne sarà mai uno."

"Scommetto che lo troverei, se cercassi su Google," le disse Cooper.

"Non hai capito," sbuffò Kiera, tirandosi indietro in preda alla frustrazione.

"Sì, invece; ti sto solo prendendo in giro. Prometto di lavorare sul mio atteggiamento riguardo alla perdita dell'udito, ma dovrai darmi un po' di tempo. Ero un SEAL, tesoro. Uno degli uomini più rispettati e temuti nelle forze armate. Ora sono disoccupato e sto cercando di capire cosa devo fare del resto della mia vita. Non riesco più a fare molte delle cose che davo per scontate e... è dura."

In quel momento, Kiera rispettò Cooper più della maggior parte delle persone che conosceva. L'uomo non stava cercando di negare che, dopo essersi congedato dalla Marina, stesse avendo delle difficoltà. Kiera decise di passare oltre e di commentare alcune delle altre affermazioni che l'uomo aveva fatto in precedenza.

"In primo luogo, tu sei più... maschio... della maggior parte degli uomini che ho conosciuto. Il fatto che ci senta o meno non cambia nulla."

Le labbra di Cooper non si mossero, ma le rughe attorno ai suoi occhi si approfondirono alle parole di Kiera... come se egli stesse sorridendo con gli occhi. Kiera proseguì, sperando di averlo convinto di quel punto in particolare.

"Non mi importa se dici la cosa sbagliata al momento sbagliato. Sono troppo vecchia perché mi importi di quello che gli altri pensano di me o dei miei amici. La gente stupida è una delle cose che detesto di più. E adoro i bambini e star loro vicino tutto il giorno, ma anche andare a casa, nel mio appartamento tranquillo, a poggiare i piedi e bere un bicchiere di vino. A questo punto della mia vita, nemmeno io sono sicura di volere dei figli."

Era la prima volta che pronunciava quelle parole ad alta voce e farlo aveva un che di liberatorio. "La società pensa che le donne che non vogliono procreare abbiano qualche rotella fuori posto. Ma a me piace la mia vita. Mi *piace* poter andare in vacanza dove e quando voglio. Non mi importa se non sei laureato: sei intelligente, hai buonsenso, e io preferisco stare vicino a te piuttosto che a molte delle cosiddette persone istruite che conosco. Non è necessario che tu mi protegga; mi prendo cura di me stessa da molto tempo. E se c'è qualcosa che devi sapere e che non puoi sentire, non mi dispiace fare da tramite."

Si fissarono vicenda per un lungo istante.

"Vuol dire che la nostra differenza di età non è un problema per te?" chiese a bassa voce Cooper. Talmente bassa che Kiera fece fatica a sentire.

"Non esattamente," disse onestamente lei. Quando Cooper aggrottò le sopracciglia, forse per frustrazione o forse per incredulità, si affrettò a spiegare: "Ho paura che, se ci mettiamo insieme, nel giro di qualche anno tu arriverai alla conclusione di aver sprecato quello che resta dei tuoi vent'anni. Che penserai di esserti perso qualcosa. Io andrò per i cinquanta quando tu ne avrai ancora meno di quaranta. Andrò in menopausa quando tu–"

Cooper arrestò il fiume di parole mettendo una mano sulla bocca di Kiera. Quando lei smise di parlare, l'uomo spostò la mano, fino ad avere i polpastrelli sulla sua nuca e il pollice che le sfiorava la guancia rotonda.

"Se tu mi darai una possibilità e finiremo per metterci insieme, non mi pentirò mai e poi mai di un istante del nostro tempo insieme. Non sono mai stato un frate, ma qualunque desiderio avessi di portare a casa donne a caso è morto nell'istante in cui è esplosa quella bomba. Non avevo nessuno con cui parlare, nessuno che sedesse al mio capezzale mentre mi riprendevo... e mi sono reso conto di quanto tempo avevo perso. Non voglio una storiella senza senso. Voglio una relazione fissa con una donna che voglia trascorrere la sua vita con me. Dammi una possibilità, Kiera. Una possibilità di dimostrare che non sono un derelitto. Che posso essere il genere d'uomo che ti tratterà come meriti di essere trattata."

"Promettimi una cosa," disse Kiera.

"Qualunque cosa."

"Che se dovessi cambiare idea, se la differenza di età cominciasse a darti fastidio, se decidessi di volere dei figli o se volessi qualcosa di più di una vita noiosa a base di TV e divano il sabato sera, me lo dirai. Non tradirmi, non picchiarmi e non fare nient'altro che costringa *me* a lasciare *te*."

"Lo prometto," disse immediatamente l'uomo. "Ma ti dico subito che non succederà mai. In primo luogo, sarei stupido a tradirti. Sono sicuro che faremo faville a letto. Stare qui seduto a tenerti la mano mi eccita più di quanto mi sia mai successo in passato. Non ho dubbi che mi farai scoppiare la testa se mai faremo l'amore. E dopo gli ultimi anni che ho trascorso con la squadra, non mi viene in mente nessuna idea migliore che trascorrere le sere a non fare nulla con te. Ho già avuto abbastanza avventure per una vita. E non ti farei mai del male. Assolutamente no."

"Ma se–"

"Niente se, e, o ma, tesoro. Ma se può farti sentire meglio, sì, prometto che te lo dirò subito se dovessi credere che le cose non funzionino fra di noi, in modo che entrambi possiamo voltare pagina senza rancore."

Kiera sospirò per il sollievo, poi annuì.

Si fissarono a vicenda per un lungo istante prima che lei chiedesse: "Come va la testa?"

"Meglio."

Kiera gli portò una mano al viso e e ripeté il gesto che aveva fatto lui, accarezzandogli la guancia col pollice. "E... adesso?"

"Un bacio per suggellare?"

Le labbra di Kiera ebbero un guizzo. "Per *suggellare* il patto[1]?"

L'uomo sorrise. "Sì."

"Mi piacerebbe."

La testa di Cooper si mosse verso la sua e Kiera trattenne il fiato. Se qualcuno glielo avesse chiesto, lei non avrebbe mai indovinato che la serata sarebbe finita in quel modo, soprattutto non dopo aver visto Cooper che se ne stava in un angolo, con gli scudi alzati, respingendo chiunque cercasse di avvicinarsi.

Kiera chiuse gli occhi e, nell'istante in cui loro corpi entrarono in contatto, avrebbe potuto giurare di vedere le stelle. Le labbra dell'uomo sfiorarono timidamente le sue, all'inizio, poi una seconda volta, con più sicurezza. Kiera accentuò la presa sul collo di lui e lo attirò a sé, dicendogli senza parole quanto le piaceva il suo tocco.

Quando la lingua di Cooper le passò lungo il labbro inferiore, lei ebbe un sussulto, dandogli l'apertura che lui aveva palesemente atteso. L'uomo usò la propria presa su di lei per inclinare la testa a un'angolazione migliore e non perse tempo a tuffarsi nella sua bocca.

Usò la lingua con la stessa perizia con cui lei immaginava sapesse maneggiare un'arma: con precisione e sicurezza assolute. Cooper sapeva cosa stava facendo... e Kiera non poteva far altro che tenersi stretta. L'uomo alternò affondi potenti, che imitavano ciò che lei voleva disperatamente che facesse al suo corpo in seguito, e carezze dolci e delicate.

Dopo diversi istanti, Cooper si staccò e sfregò il naso contro il suo. Kiera aprì gli occhi e sbatté le palpebre, leccandosi le labbra, sentendo il sapore di lui su di esse. "E... adesso?" ripeté.

Cooper sorrise. "Adesso cosa? Ci frequentiamo. Ci conosciamo meglio. Flirtiamo sul tuo posto di lavoro. Ci scambiamo baci di nascosto. Tu continuerai a insegnarmi il linguaggio dei segni e io ti tratterò come la cosa più importante della mia vita."

"Ho la sensazione che non avrai alcuna difficoltà a imparare il linguaggio dei segni, se le ultime due settimane sono indicative," gli disse Kiera. Era rimasta colpita dalla velocità con cui l'uomo aveva imparato le basi e sapeva che, impegnandosi ancora per un po', egli avrebbe rapidamente padroneggiato il linguaggio dei segni.

Cooper si sporse in avanti, la baciò ancora una volta – un bacio a bocca chiusa che le fece comunque piegare le ginocchia – e si alzò. "Ho una buona insegnante. Vieni, ti accompagno alla macchina."

Sorridendo, Kiera si alzò e, mano nella mano, lei e Cooper andarono al parcheggio.

Il mattino dopo, Cooper attraversò l'edificio che un tempo aveva considerato una casa, alla base della Marina. Rivolse un cenno del capo ad alcuni dei SEAL di passaggio. Aveva imparato a conoscerne alcuni molto meglio, da quando era rimasto ferito. Aveva temuto, dopo il congedo per motivi sanitari, che non avrebbe mai più avuto il genere di cameratismo sul quale era arrivato a fare affidamento da parte della sua squadra, ma gli uomini, e a volte anche le loro mogli, gli erano rimasti accanto durante tutta la convalescenza. Gli avevano portato da mangiare, erano venuti a trovarlo e lo avevano incoraggiato ad allenarsi con loro la mattina.

Un uomo dai capelli sale e pepe, con barba e baffi ben curati, lui stesso un ex-SEAL, sedeva a una scrivania fuori dall'ufficio di Patrick Hurt e sollevò il mento quando Cooper gli si avvicinò.

"Ehi, Coop. Ti trovo bene."

"Grazie, Cutter. Come vanno le cose?"

"Non posso lamentarmi," rispose Slade "Cutter" Cutsinger. "Hurt ti sta aspettando."

Cooper sentiva una parola su due, ma capì l'essenza del discorso. Patrick lo aveva invitato alla base quella mattina per un incontro. In passato, Cooper avrebbe potuto prendersela con lui perché cercava di intromettersi ancora nella sua vita, ma quella mattina, dopo aver baciato Kiera la sera prima e aver scoperto che lei era disposta a uscire con lui, faticava a prendersela con chiunque.

Aprì la porta dell'ufficio del suo vecchio comandante e si fermò di colpo. Si era aspettato di trovare Patrick da solo, ma c'era un altro uomo seduto a una delle sedie di fronte all'ampia scrivania. Cooper non lo conosceva, ma capì subito che doveva trattarsi di un membro delle forze speciali, o che almeno doveva esserlo stato. Era una sensazione difficile da spiegare a qualcuno che non facesse parte della loro piccola cerchia. Era così e basta.

I capelli scuri e gli occhi marroni dell'uomo avrebbero potuto ingannare qualcuno e convincerlo che fosse semplicemente un ragazzo belloccio, ma sarebbe stato un errore. La letalità sembrava trasudare dai suoi pori, anche se lui non faceva altro che starsene seduto.

Senza pensarci, Cooper si portò una mano all'orecchio sinistro e premette l'apparecchio acustico. Lo sentì muoversi nel suo canale auricolare e trasse un sospiro di sollievo quando udì la sedia di Hurt stridere nel momento in cui l'uomo si alzò.

"Grazie per essere venuto, Coop," disse Hurt.

Cooper si concentrò sulle labbra dell'altro uomo e quello, assieme all'amplificazione offerta dall'apparecchio acustico, lo aiutò a capire. Era un sollievo. D'istinto, non voleva fare brutte figure con lo sconosciuto.

"Nessun problema. Che succede?"

"Mi piacerebbe presentarti un mio amico. John Keegan... meglio noto come Tex."

Cooper si voltò verso l'altro uomo e tese la mano. "*Quel* Tex?"

"L'unico e solo," rispose Tex con un sorrisetto mentre gli stringeva la mano.

"Wow. È davvero bello conoscerti."

Tex sorrise. "Idem. Anch'io ho sentito parlare bene di te e, quando Hurt mi ha chiamato e ha chiesto il mio aiuto, ho deciso di fare un salto qui. È da parecchio che non vedo i miei amici."

Cooper conosceva Tex. Hurt gli aveva parlato molto spesso di lui. Un ex-SEAL, Tex aveva perso una gamba e ora aiutava il comandante – e probabilmente molte altre squadre top secret – con le missioni. Era un genio dei computer e sebbene Cooper non fosse a conoscenza della maggior parte delle cose che faceva, ne sapeva abbastanza da sapere che i SEAL e il governo degli Stati Uniti erano fortunati ad avere Tex dalla loro.

"Va tutto bene?" chiese Cooper a Hurt. "Come mai Tex è qui?"

"Come probabilmente già sai, Tex vive sulla costa

Est con sua moglie Melody. Collabora con me e con molti altri comandanti del Paese alla raccolta di informazioni di intelligence. Conosce molti militari, in congedo e in servizio attivo, operativi SEAL e Delta Force che sono rimasti feriti in azione o che ne avevano abbastanza delle forze armate."

Cooper osservò Tex un po' più attentamente mentre Hurt proseguiva. La sua reazione iniziale all'altro uomo, prima di sapere che si trattava di quel famigerato ex-SEAL, era stata corretta; era bello sapere che non aveva perso del tutto l'intuito dopo essere rimasto ferito ed essersi allontanato dalla squadra.

"Gli ho chiesto di venire qui e parlare con te per qualche giorno. So che sei già stato dagli psicologi della Marina, ma solo qualcuno che è stato nei tuoi panni può sapere come ti senti."

A quel punto, Tex interruppe Patrick. "Senti, non ho idea di cosa tu stia passando col tuo udito. Ogni tanto ho delle fitte alla gamba, ma non è come perdere l'udito, la vista o qualcos'altro. Non sono qui per dirti come affrontare il problema. Hurt mi ha chiesto di parlarti della mia transizione a una vita da civile."

Cooper rimase di stucco. Era qualcosa di completamente diverso da ciò che si era aspettato di sentire dall'altro uomo. Molte persone gli avevano detto come avrebbe dovuto affrontare la perdita dell'udito e cosa fare del resto della sua vita. Ma nessuno capiva come fosse cercare di passare dall'essere costantemente al servizio del suo Paese e pronto a prendere un aereo con un preavviso minimo, allo starsene seduto in un appartamento, senza che nessuno avesse bisogno di lui e senza la minima possibilità di *ricevere* quella chiamata.

La sua prima inclinazione sarebbe stata di dire a Tex di andare affanculo, che lui se la cavava benissimo da solo, ma poi pensò a Kiera. Voleva essere degno di lei e temeva che, se non avesse messo la testa a posto e non avesse deciso cosa voleva fare, l'avrebbe persa. Forse, quell'ex-SEAL avrebbe potuto aiutarlo.

"Non posso dire di essere entusiasta che Hurt abbia agito a mia insaputa, ma non mi dispiacerebbe bere una birra o due con te. Ma non in un bar. Non ci sento un cazzo."

Tex ridacchiò. "Nessun problema."

"Ora, se abbiamo finito di fare amicizia, io devo andare."

"Hai un lavoro di cui non sapevo, Coop?" chiese Hurt, sporgendosi dalla sedia.

Cooper sogghignò. "No, papà. Faccio il volontario alla scuola per sordi dove tu mi hai costretto ad andare coi sensi di colpa qualche settimana fa."

L'espressione che si allargò sul volto di Hurt era

descrivibile solo come "smargiassa". "Fammi indovinare... la classe della signorina Hamilton?"

"Fottiti," disse Cooper, ma senza cattiveria.

"La signorina Hamilton?" chiese Tex.

"Un'insegnante che lavora in quella scuola. Pensavo che a Coop avrebbe potuto far bene vedere quanto facilmente i bambini possono adattarsi a una vita senza l'udito."

"E, guarda caso, Kiera è amica di Julie," disse Cooper.

"Sei ancora in debito con me per avertela mandata," disse Tex al comandante.

Hurt sorrise e levò gli occhi al cielo. Poi si rivolse a Cooper e si fece serio. "Kiera è una persona meravigliosa. Lavora duro ed è buona amica di Julie. Ma soprattutto... tu mi piaci, Cooper. E se ti mettessi con un'amica di mia moglie, ci vedremmo più spesso. E anche questo mi piacerebbe."

Coop non sapeva esattamente come rispondere. Ma era piacevole. Era molto piacevole sapere che il suo ex-comandante era più di un semplice capo. Che era anche un amico.

"Adesso... levatevi dal mio ufficio, così posso lavorare," disse Hurt, interrompendo quella commovente conversazione. "E salutami Kiera."

Cooper e Tex si alzarono. Sollevarono il mento all'indirizzo di Patrick e uscirono dal suo ufficio.

"Ehi, Coop," chiamò Cutter.

Cooper non lo sentì e proseguì verso la porta. Tex lo toccò sul braccio e accennò col capo all'assistente.

Lottando contro l'impulso a scusarsi per non aver sentito la chiamata, Cooper si voltò verso l'uomo più anziano e inarcò le sopracciglia.

"Wolf e il resto della sua squadra hanno sfidato te e Tex a duello... per così dire. Credono che vi siate rammolliti, ora che siete in congedo. Questa sera. Ore diciotto. Sulla spiaggia."

Gli occhi di Cooper si illuminarono. "Ti unisce a noi, vecchio?" chiese.

Cutter sorrise. "Sì, cazzo."

"A dopo," disse Cooper.

"A dopo," rispose Cutter.

Mentre lui e Tex andavano alle macchine nel parcheggio, l'altro uomo osservò: "A essere onesti, non so perché Hurt mi abbia chiamato qui. Non fraintendermi: sono felicissimo di poter stare coi miei amici, ma mi sembra che tu te la cavi molto bene."

Cooper fece spallucce. "Forse. Forse no. Ma mi piacerebbe molto sentire la tua storia. Non so come hai conosciuto tua moglie."

Tex sorrise. "In sostanza, l'ho cyberstalkerata."

Sconvolto, Cooper fissò l'uomo in preda all'incredulità.

Tex ridacchiò. "Ci siamo conosciuti online. Qualcuno la stalkerava e, a un certo punto, non si è più fatta sentire. Io l'ho rintracciata."

"E il suo stalker è stato arrestato?"

Tex annuì.

"Non vedo l'ora di sentire questa storia."

"E io te la racconterò... davanti a un paio di birre."

"Aspetto con ansia." E per una volta, Cooper non stava dicendo a qualcuno quello che pensava che la persona volesse sentirsi dire. Diceva sul serio.

I due uomini si scambiarono una pacca sulla schiena e salirono ciascuno sulla propria macchina.

Per quanto Cooper fosse curioso di sentire la storia di Tex, ogni pensiero sull'altro uomo e sulla competizione imminente sulla spiaggia svanì. Era più ansioso di rivedere Kiera.

CAPITOLO QUATTRO

Kiera sorrise quando Cooper bussò alla porta della sua classe. Il preside le aveva riferito che Cooper aveva chiesto di fare volontariato nella sua classe, quel giorno. Anche se l'uomo era stato diverse volte alla scuola nell'ultimo paio di mesi, non era mai entrato nella sua aula. Kiera aveva cercato di non rimanerci male, ma non poteva negare che fosse successo.

Aveva appena messo i suoi studenti di prima di fronte ai tablet quando arrivò Cooper. Gli studenti stavano guardando un video nel quale un libro veniva letto ad alta voce e al tempo stesso nel linguaggio dei segni. Acquisire familiarità con la parola scritta, l'immagine e il segno corrispondenti era fondamentale per lo sviluppo cognitivo dei più giovani. Tipicamente, imparavano più lentamente dei bambini udenti, ma Kiera aveva scoperto che la maggior parte di loro aveva una gran voglia di imparare e che, una volta imparato a leggere, erano molto veloci nell'acquisire l'abitudine e nel collegare le parole ai segni corretti.

Andò a salutare Cooper e arrossì quando questi le fissò le labbra come se volesse divorarla proprio lì, sulla soglia. "Ehi."

"Ehi. È un brutto momento?"

Kiera scosse la testa. "Assolutamente no. Ho appena assegnato loro una lettura. Come mai non eri mai venuto a fare volontariato nella mia classe?"

"Non sono molto bravo con bambini così piccoli," ammise Cooper, mentre entrava con lei nella stanza. "Sui più grandi posso far colpo col mio passato, ma i piccoli non si lasciano impressionare tanto facilmente."

"Te la caverai benissimo," gli disse Kiera. In qualche modo, l'insicurezza lo rendeva ancora più attraente per lei. "Aspetta qui mentre attirò la loro attenzione," disse a Cooper, indicando un punto nella parte anteriore dell'aula. Quando lui annuì, lei fece un giro della stanza, appoggiando una mano sulla spalla di ciascun bambino e dicendo qualcosa nel linguaggio dei segni.

Una volta che ebbe l'attenzione di tutti, cominciò a parlare contemporaneamente a voce e nel linguaggio dei segni.

“Ragazzi, lui è Cooper Nelson. È qui per leggere con voi.”

Una bambina sollevò la mano per chiedere la parola.

“Sì, Becca?”

Le mani della bambina si mossero lentamente, ma era palese che stava chiedendo qualcosa riguardo a Cooper, perché lo indicò diverse volte.

Kiera ripeté la domanda a beneficio di tutti gli altri bambini della classe. Aveva scoperto che, a volte, i bambini faticavano a leggere i segni di un’altra persona e che era utile per tutti vedere gli stessi segni ripetuti più volte.

“Becca ha chiesto se il signor Nelson conosce il linguaggio dei segni. Ha chiesto inoltre se è sordo. Lui conosce un po’ il linguaggio dei segni, ma ha appena cominciato a impararlo, proprio come voi. Cooper sente un po’ dall’orecchio sinistro, ma porta un apparecchio acustico come alcuni di voi. È completamente sordo dall’orecchio destro.”

Un ragazzino sollevò la mano e Kiera lo indicò e disse, a voce e coi segni: “Sì, Billy?”

Billy mosse le mani per porre la sua domanda.

Cooper appoggiò una mano sul braccio di Kiera e chiese: “Posso rispondere io?”

Lei gli sorrise e annuì.

Cooper si inginocchiò, voltò la testa verso i

bambini e indicò l'apparecchio acustico. Poi disse, in un linguaggio dei segni lento e impreciso: "Ero troppo vicino a..." Fece una pausa, guardò Kiera e fece spallucce.

Il cuore di Kiera si sciolse. L'uomo si stava impegnando moltissimo e il fatto che si fosse posto allo stesso livello dei bambini faceva una grande differenza, anche se molte persone non se ne rendevano conto. Velocemente, scandì e disse a gesti "esplosione". L'uomo le sorrise e tornò a rivolgersi ai bambini, che avevano osservato i due adulti con gli occhi spalancati.

"Esplosione," disse Cooper nel linguaggio dei segni. "È così che ho perso l'udito."

Subito, sei bambini sollevarono la mano per porre delle domande. Kiera ridacchiò.

Trascorsero i venti minuti successivi a fare domanda e risposta. Cooper si impegnò a cercare di rispondere a ciascuna domanda e Kiera lo aiutò, suggerendogli il segno corretto quando lui non lo conosceva, cioè spesso.

Cooper rispose a domande riguardanti il fatto che avesse o meno cicatrici, che fosse sposato, che avesse dei figli, su quanti anni avesse, su che lavoro facesse e se l'esplosione gli avesse fatto male. Lui rispose il più onestamente possibile e non rise di alcune delle domande sciocche che fecero i bambini.

La meraviglia e l'adorazione erano palesi sui volti della maggior parte dei piccoli. Non capitava spesso che vedessero un uomo come Cooper – un uomo forte, alto, *mascolino* – fare lo sforzo di parlare con loro nella loro lingua. La sua palese mancanza di finezza lo faceva sembrare più avvicinabile, così come il suo ridere costantemente della propria inettitudine.

Proprio quando Kiera stava per dire ai bambini di tornare al lavoro, un ragazzino che sedeva all'ultimo banco sollevò lentamente la mano. Kiera nascose lo stupore. Frankie era piccolo per la sua età e non stava facendo grandi progressi. Era molto riluttante a usare il linguaggio dei segni e non aveva fatto amicizia con nessuno da quando era arrivato. Spesso, spintonava i bambini della sua classe quando non li capiva o quando voleva ottenere qualcosa.

Kiera sapeva che il suo atteggiamento era una conseguenza della sua difficile vita domestica e del fatto che avesse appena iniziato a frequentare una scuola nuova, e il suo cuore doleva per lui. Il padre di Frankie era entusiasta che suo figlio avesse la possibilità di frequentare la scuola speciale. Si erano trasferiti a Riverton da Los Angeles, per ricominciare daccapo dopo un divorzio sofferto. La ex-moglie dell'uomo era una tossicodipendente che era stata giudicata inadatta ad avere la custodia del figlio. Fino a non molto tempo prima, le era stato permesso di visitare Frankie sotto supervisione, ma dopo che era sfuggita alla sorveglianza del supervisore assegnatole dal tribunale e aveva portato Frankie al centro commerciale per passare da uno spacciatore, si era vista revocare ogni diritto.

Kiera capiva che il bambino, probabilmente, faticava ad affrontare tutti gli sconvolgimenti nella sua vita, ma erano trascorsi due mesi da quando aveva cominciato a frequentare la scuola e non era migliorato in nulla. Il fatto che fosse coinvolto al punto da alzare la mano e fare una domanda era quasi un miracolo, a quel punto.

Kiera indicò il ragazzino magrissimo e disse nel linguaggio dei segni: "Sì, Frankie?"

Il bambino espresse la sua domanda usando per lo più le lettere dell'alfabeto, ma era comprensibile, anche se aspettare che finisse era una sofferenza.

Kiera deglutì e lanciò un'occhiata a Cooper prima di ripetere la domanda a beneficio del resto della classe. "Frankie ha chiesto cosa pensano i duri amici militari di Cooper del fatto che lui parli con le mani come una femminuccia."

Alcuni dei ragazzini sussultarono e voltarono di scatto la testa per guardare Frankie con gli occhi spalancati. Kiera non si era resa conto che Frankie avesse quell'opinione del linguaggio dei segni. Era qualcosa di tanto devastante quanto sconvolgente.

Cooper, bontà sua, non batté ciglio. Si alzò e andò al banco in cui era seduto Frankie. Una volta arrivato, si sedette per terra e incrociò goffamente le gambe. Dopodiché, sconvolse Kiera.

Si limitò perlopiù a sillabare, come aveva fatto Frankie, e non guardò mai Kiera per chiederle un segno. "I miei amici sono invidiosi, perché io ho il mio linguaggio segreto. Che tu ci creda o meno, Frankie, anche la mia squadra usava dei segnali fatti con le mani. Questo," disse l'uomo, muovendo le mani in un modo che Kiera non riconobbe, "voleva dire pericolo. E questo," aggiunse, facendo un altro gesto che chiaramente non apparteneva al linguaggio dei segni americano, "voleva dire che c'era un cattivo nelle vicinanze. Non so chi ti abbia detto che il linguaggio dei segni sia una cosa da femminucce, ma non è assolutamente così. È una figata. La cosa più figa che io abbia mai cercato di imparare. Posso parlare con te, coi tuoi compagni di classe o con la signorina Hamilton e le persone che non sono sorde non possono capire quello che dico. È come fare la spia sotto il naso delle persone. Mi piace molto conoscere un linguaggio segreto, anche se non sono ancora molto bravo."

Se Kiera non avesse osservato attentamente Frankie non se ne sarebbe accorta, ma il ragazzino spalancò gli occhi e lei riuscì letteralmente a vedere la consapevolezza che un uomo grande e forte come Cooper pensasse che il linguaggio dei segni fosse una figata affondare nella sua psiche.

Aveva cercato per mesi di spingere Frankie a mostrare un minimo di interesse a qualunque cosa lei facesse o dicesse, senza alcun risultato. Ma con una risposta scrupolosamente sillabata, Cooper era riuscito a stabilire un legame col bambino in un modo che lei aveva raramente visto in passato.

Deglutendo a fatica per non scoppiare a piangere, Kiera agitò una mano per attirare l'attenzione dei bambini. Sospirò. "Ora che avete conosciuto tutti Cooper, è il momento di tornare alla lezione."

I bambini annuirono e tornarono ai loro posti coi loro tablet. C'erano dei pouf sparsi per l'aula, oltre che dei piccoli divani e dei grandi tappeti morbidi... scelte più che sufficienti perché ciascun bambino trovasse un posto comodo da qualche parte.

Kiera guardò Frankie e Cooper e colse la fine della domanda che Cooper rivolse al ragazzino. "... sedermi vicino a te mentre leggi?"

Frankie annuì e Kiera guardò meravigliata Cooper e quel combinaguai del suo studente sistemarsi in modo che fossero seduti uno di fronte all'altro, le ginocchia che si toccavano, col tablet alla loro destra. Frankie accese il dispositivo, attivando la storia che stava leggendo prima dell'interruzione.

Nella mezz'ora successiva, Kiera guardò con la coda dell'occhio Frankie e Cooper leggere una storia, poi un'altra e infine una terza. Non aveva mai visto il ragazzino interessato e coinvolto in una lezione come durante quella mezz'ora. Lui e Cooper ripeterono ciascuna parola nel linguaggio dei segni, come indicato dal narratore del libro. Si sorridevano spesso a vicenda e, a un certo punto, Frankie arrivò persino a correggere uno dei segni di Cooper.

Venne l'ora di pranzo e Kiera radunò i bambini e li mise in fila per andare in sala da pranzo. C'erano diversi supervisori che aiutavano i bambini che ne avevano bisogno a prendere i vassoi del pranzo e che, in generale, mantenevano l'ordine all'interno della mensa. Mentre aspettavano che un supervisore conducesse tutti lungo il corridoio, Kiera origliò la conversazione fra Frankie e Cooper.

"Tornerai?" sillabò con le dita Frankie

"Sì," disse Cooper nel linguaggio dei segni.

"Quando?"

Cooper esitò per un lungo istante prima di rispondere: "Se vuoi, verrò qui tutti i giorni."

Kiera ebbe un sussulto. Cooper non poteva dire a Frankie una cosa del genere. Il ragazzino sarebbe rimasto distrutto quando lui non si sarebbe davvero presentato tutti i giorni. Prima che lei potesse correre a riparare al danno, Frankie la stupì.

"Non dirlo se non sei sincero," sillabò il ragazzino.

Cooper appoggiò una delle sue grandi mani sulla spalla sottile di Frankie e con l'altra disse: "Io sono sempre sincero. Vuoi conoscere un segno segreto che io e i miei amici militari usiamo fra noi?" chiese Cooper in un misto di lettere e segni.

Frankie rispose con entusiasmo nel linguaggio dei segni: "Sì."

"D'accordo, ma è supersegreto ed è un codice da uomini. Puoi usarlo solo per salutare gli uomini. Va bene?"

Frankie rispose con impazienza, ancora una volta nel linguaggio dei segni. "Sì."

"Guarda bene," disse Cooper nel linguaggio dei segni, per poi sollevare il mento come Kiera gli aveva visto fare quando aveva salutato i suoi amici in passato.

Si coprì il sorriso con una mano.

Frankie aggrottò la piccola fronte e cercò di imitare Cooper.

"Molto bene, ma invece di farlo sembrare un cenno del capo, limitati a sollevare un poco il mento." Cooper diede una nuova dimostrazione.

Frankie lo imitò e questa volta, incredibilmente, ce la fece. Il sollevamento di mento che rivolse a Cooper fu una versione in miniatura del saluto fichissimo che Cooper rivolgeva ai suoi amici.

"Bravissimo! Ce l'hai fatta. Ottimo lavoro. Ora ricordati... solo gli uomini virili possono ricevere quel cenno col mento. È il nostro saluto segreto." Lanciò un'occhiata a Kiera e ammiccò, quindi si rivolse nuovamente a Frankie. "Ci vediamo domani, d'accordo?"

Frankie annuì con un grande sorriso sul viso. Era la prima volta, a memoria di Kiera, che il ragazzino sorrideva così da quando aveva iniziato la scuola.

La fila cominciò a muoversi e Cooper si raddrizzò e guardò Frankie. Gli rivolse un cenno col mento e disse nel linguaggio dei segni: "Arrivederci."

Frankie ricambiò il gesto col mento e il linguaggio dei segni, quindi uscì orgogliosamente dalla stanza, seguendo i suoi compagni.

Kiera chiuse la porta dietro ai suoi studenti e andò subito da Cooper.

"Senti–"

Lei non gli diede il tempo di aggiungere altro prima di alzarsi in punta di piedi e appoggiargli entrambe le mani sul viso. Gli fece voltare la testa verso di lei e schiacciò le labbra contro le sue. Subito, le braccia dell'uomo si strinsero attorno a lei e lui la attirò a sé in modo che si toccassero dall'inguine al petto.

Cooper le permise per un attimo di controllare il bacio, quindi prese il comando. Divorandole la bocca come se non si vedessero da anni, invece che dalla sera prima. Alla fine, si staccarono, ma Cooper non la lasciò andare. La tenne schiacciata contro di sé mentre chiedeva: "Come mai?"

"Hai fatto un miracolo," gli disse lei.

L'uomo ridacchiò. "Non credo che madre Teresa sarebbe d'accordo, tesoro."

Kiera scosse la testa. "Dico sul serio. Ho cercato di far sì che Frankie reagisse a me con un decimo dell'entusiasmo che ha mostrato oggi nei tuoi confronti... inutilmente. E tu, dopo aver trascorso trenta minuti con lui, lo hai trasformato in un bambino completamente diverso."

"Aveva solo bisogno di un po' di attenzione," si schermì Cooper. "Non ho fatto nulla di speciale."

"No, non è così," insistette Kiera.

"Lo so." La voce di Cooper si era abbassata fino a un livello a malapena udibile, ma Kiera non lo interruppe. "Qualcuno gli ha riempito la testa di stronzate su come dovrebbe comportarsi un vero uomo. Credo che aver visto me, un ex-operativo delle forze speciali, usare il linguaggio dei segni, lo abbia in qualche modo legittimato. Non ho dovuto far altro che mostrargli che non ci sono problemi a parlare con le mani. Che ciò non lo rende meno mascolino. Vorrei trascorrere dieci minuti con chiunque gli abbia riempito la testa di quella merda. Probabilmente il padre."

"Non è stato lui," disse Kiera, passando delicatamente le unghie sulla nuca di Cooper, nel punto in cui aveva appoggiato le mani. "Suo padre lo adora. È un padre single, che si fa il mazzo per dare a suo figlio tutto quello di cui ha bisogno."

"Chiunque sia stato, dovrebbero spararg1i," mormorò Cooper, per poi abbassare la testa fino al punto fra il collo e la spalla di Kiera. Inalò e sfregò il naso contro la pelle in quel punto.

Kiera sentì la pelle d'oca ricoprirla da capo a piedi alla sensazione delle labbra dell'uomo sulla pelle nuda. Gli tirò delicatamente i capelli e lui sollevò la testa per guardarla.

"Davvero hai intenzione di venire tutti i giorni, come hai detto a Frankie? Non puoi mentire a quei bambini, Cooper. Se dici loro qualcosa, devi mantenere la parola data."

"Non ho mentito. Mi piacerebbe davvero passare tutti i giorni... se possibile," concluse con incertezza.

"È possibilissimo," lo rassicurò subito Kiera. "Ma temo che ti annoierai"

"Kiera, ho trascorso quasi otto anni della mia vita a farmi sparare addosso, a far scoppiare cose e a mettere in pericolo la mia vita per il mio Paese. Trascorrere del tempo con dei bambini, aiutarli a imparare, aiutare me stesso a imparare, suona benissimo."

Kiera deglutì a fatica. Non conosceva nessun uomo, nemmeno uno, che avrebbe detto qualcosa come quello che aveva appena detto Cooper. "D'accordo."

"D'accordo." Cooper le sorrise, poi attirò con forza le labbra di lei contro le proprie. Kiera sentì la sua erezione contro il proprio sesso e i suoi muscoli interni si contrassero. Dio. "Vuoi cenare insieme questa sera?"

"Sì," rispose subito lei. Voleva quanto più possibile del tempo di Cooper. Non importava che il giorno dopo ci fosse scuola. Non importava che lei non stesse facendo la difficile. Se Cooper voleva trascorrere del tempo con lei, Kiera avrebbe colto la palla al balzo.

L'uomo le sorrise. "Ho un impegno coi SEAL alle sei, sulla spiaggia, ma magari posso venire a prenderti più tardi."

"Che impegno?"

Cooper levò gli occhi al cielo. "Io e altri due SEAL in congedo siamo stati sfidati da una squadra ancora in servizio attivo."

"In che senso?" chiese Kiera, inclinando la testa.

"Non fino alla morte, se è quello a cui stai pensando," sorrise Cooper. "Hai fatto una faccia. È solo una competizione fisica amichevole. Sit-up, corsa con lo Zodiac in spalla, nuoto, cose del genere."

"Posso venire a guardare?"

Kiera vide una qualche emozione attraversare gli occhi di Cooper, ma non riuscì a decifrarla. Si affrettò a dire: "Se non è possibile, non ci sono problemi. Ho solo pensato che sarebbe stato divertente vederti in azione."

"Ti piacerebbe?" chiese lui.

"Vedere te e degli altri SEAL, possibilmente seminudi, che correte per la spiaggia e cercate di dimostrare chi è il più forte e il più figo? Certo che mi piacerebbe," gli disse sorridendo Kiera.

Le mani dell'uomo si spostarono sulla sua vita e lui cominciò a farle solletico. Kiera strillò e cercò di divincolarsi. "Smettila, Cooper! Soffro tantissimo il solletico!" Non riusciva a smettere di ridere e le spinte delle sue mani contro il petto dell'uomo non servirono a interrompere quella tortura intima.

"Vuoi guardare i corpi di altri uomini, Kiera?"

Lei ridacchiò ancora e rispose: "No, solo il tuo!"

"Ma hai detto che volevi guardare i culi dei miei amici."

"Non è vero. Guarderò solo il tuo... lo giuro!"

"Prometti?"

Kiera non riusciva a smettere di ridacchiare. Le dita di Cooper le facevano il solletico, ma lei adorava avere le sue mani addosso... e la sua giocosità. "Prometto... ti prego..."

"'Ti prego' cosa?" chiese Cooper, passandole le braccia attorno e strattonandola ancora una volta contro il proprio corpo duro come la roccia.

Kiera lo guardò e sollevò le braccia in mezzo a loro, dicendo a voce e nel linguaggio dei segni: "Ti prego, baciami."

Cooper lanciò un'occhiata alla porta e, sebbene Kiera apprezzasse la sua consapevolezza del luogo in cui si trovavano e del fatto che chiunque sarebbe potuto entrare in aula in qualunque momento, in quell'istante non gliene importava nulla. Aveva bisogno di avere di nuovo le labbra dell'uomo sulle sue.

Senza dire una parola, Cooper fece come lei aveva chiesto. La baciò come se la sua vita dipendesse da quello. Lentamente e velocemente, profondamente e superficialmente. Non era solo un bacio. Cooper imparò quello che le piaceva, che lei gemeva dal profondo della gola quando lui le succhiava la lingua e che egli affondava le unghie nel petto quando lui le mordicchiava il labbro inferiore.

Cinque minuti dopo, Cooper si tirò indietro e la guardò. Le mise una mano sulla fronte e gliela passò delicatamente sui capelli biondi, lisciandoli. "Vuoi davvero venire questa sera?"

Kiera annuì.

"Passo a prenderti alle cinque e venti?"

Lei annuì di nuovo. "Significa molto per me, Kiera."

"Che cosa?"

"Che tu vuoi essere coinvolta nel mio mondo. Non solo stare con me perché ho un bel corpo o perché me la cavo bene coi bambini della tua classe."

"Cooper, potresti essere un campione di scacchi e non me ne importerebbe nulla. Io voglio venire a fare il tifo per te perché ti piace quello che fai. E sebbene non voglia negare che non vedo l'ora di vedere il tuo corpo, questa sera, non è questo il motivo per cui sto con te."

"Perché lo fai, allora?" chiese l'uomo.

Kiera vide l'insicurezza nell'omaccione che aveva di fronte e questo lo rese molto più concreto. "Non sono mai stata attratta da qualcuno come lo sono da te. Tu sei una brava persona. Dalla prima volta in cui sei entrato a scuola, ho capito che non eri a tuo agio, ma non hai lasciato che ciò ti impedisse di lanciarti. Non hai paura di ammettere che non capisci qualcosa e, finora, non sei rimasto scoraggiato quando imparare una lingua nuova è diventato difficile. Tu vedi me – non solo l'insegnante, non solo l'amica di Julie, ma me. Non ho paura di essere me stessa con te e anche se ho una paura mortale che tu darai un'occhiata al mio corpo nudo e ti chiederai cosa diavolo ci fai con una donna di quasi quarant'anni... non vedo l'ora di fare l'amore con te."

"Porca miseria," mormorò Cooper.

"Me l'hai chiesto tu," disse sorridendo Kiera.

"È vero. E per la cronaca, il sentimento è assolutamente reciproco. Tu non vedi soltanto il SEAL quando mi guardi, o almeno non credo. Tu vedi me. Per cui, capisco quello che dici. E non temere, Kiera..." Cooper mosse le mani fino a quando non strinsero i globi del suo sedere e la attirò a sé fino a farla stare in punta di piedi. I loro inguini erano allineati e Kiera sentì ogni centimetro del suo membro duro contro di lei. Cambiò posizione nella presa dell'uomo e cercò di avvicinarsi di più... senza alcun risultato.

"Io amerò ogni centimetro del tuo corpo. Non dubitare." L'uomo si chinò e si impadronì della sua bocca in un nuovo, duro, intimo bacio prima di staccarsi e frapporre qualche centimetro di spazio fra i loro corpi.

"Vestiti comoda questa sera. Jeans, una camicetta, delle infradito... dopo che avremo spaccato i culi ai SEAL, mi farò una doccia e andremo a mangiare in un posto tranquillo. Ti va bene un hamburger?"

"Assolutamente."

Come se non riuscisse a trattenersi, Cooper si chinò e baciò Kiera ancora una volta; poi si allontanò da lei e lasciò ricadere le mani. "Ci vediamo stasera, allora."

Kiera annuì, quindi gli rivolse un saluto col mento.

Le labbra dell'uomo ebbero un guizzo e lui disse: "Mi dispiace, tesoro, ma quello è riservato a noi uomini." Dopodiché ammiccò e se ne andò.

Kiera si sedette a pranzare alla cattedra e pensò a Cooper. Lo conosceva da qualche settimana, ormai, sin da quando lui aveva cominciato a fare volontariato a scuola, ma in qualche modo, nelle ultime ventiquattro ore, egli era diventato non solo un uomo che le sarebbe piaciuto conoscere meglio, ma anche uno senza il quale non pensava di poter vivere.

Con un gran sorriso, finì di pranzare e pensò a cosa avrebbe indossato quella sera. Sì, vedere Cooper e i suoi amici che si rotolavano poco vestiti nella sabbia non sarebbe stato una tortura. Per niente.

CAPITOLO CINQUE

Kiera era seduta su una duna di sabbia che dava su una sezione della spiaggia su Coronado Island. Cooper era venuto a prenderla alle cinque e venti spaccate... ma erano arrivati comunque in ritardo di dieci minuti. L'uomo aveva dato un'occhiata a lei coi jeans aderenti, le infradito, la maglietta scollata color blu marino con l'immagine di un militare che prendeva la mira con un fucile e stava sdraiato in una pozzanghera con le parole *Stai basso, vai veloce. Uccidi per primo, muori per ultimo. Un colpo, un morto. Niente fortuna, solo abilità,* e i capelli biondi che le scorrevano liberi sulle spalle invece di essere confinati nello chignon che di solito portava a scuola, e l'aveva spinta contro la porta, procedendo a divorarla.

C'era voluta la vibrazione del telefono che Cooper portava in tasca, notifica di un messaggio da parte di un uomo di nome Cutter che gli intimava di non fare tardi, per separarli. L'uomo aveva chiuso gli occhi, appoggiato la fronte a quella di lei e detto a voce bassa e controllata: "Tu sarai la mia morte."

Kiera si era limitata a rispondere: "Ma che bel modo di morire."

Ora era seduta su un gigantesco mucchio di sabbia con altre quattro donne, intenta a guardare assieme a loro gli uomini che competevano gli uni con gli altri vicino al bagnasciuga.

"Non mi stancherò mai di questo," disse sospirando Julie.

Una delle altre donne – si era presentata come Caroline – concordò. "Già. Quando Wolf mi ha detto di aver sfidato degli ex-SEAL ho capito subito che dovevo esserci."

"Sono felice che Fiona abbia potuto guardare i bambini con così poco preavviso," disse una moglie militare di nome Jessyka.

"Qualcuno ha portato i popcorn?" chiese l'ultima donna del gruppo, che si era presentata come Cheyenne.

Kiera aveva subito preso in simpatia le altre donne. L'avevano fatta sentire a loro agio e per nulla imbarazzata, come invece le capitava di solito quando conosceva persone nuove. Julie aveva accennato a tutte e tre, durante varie conversazioni passate, ma quella era la prima volta in cui Kiera aveva la possibilità di trascorrere del tempo con loro.

"Chi è quello nuovo?" chiese Caroline.

"Cooper mi ha detto che si chiama Tex," disse Kiera, a lei e alle altre. "È un ex-SEAL che vive in Virginia. È in visita qui, non so bene perché."

"Tex è proprio figo," osservò Cheyenne.

Jessyka levò gli occhi al cielo. "Ti ricordi che sei sposata, vero?" chiese all'amica.

"Certo. Faulkner non mi permetterebbe mai di dimenticarlo; non che io voglia farlo. Ma non c'è nulla di male a guardare. E non credo di aver mai visto così tanto di Tex."

Kiera era assolutamente d'accordo. Sapeva che gli altri SEAL conoscevano l'amico di Cooper, ma non sapeva esattamente cosa egli avesse a che fare con tutti. Lasciò perdere: lo spettacolo che si svolgeva sotto di loro era decisamente tanta roba, troppa per pensare ad altro al momento. Gli uomini si erano tolti le magliette e al momento stavano lottando corpo a corpo... Lei non sapeva esattamente cosa stessero facendo, ma non gli importava davvero.

"Giuro su Dio che, tutte le volte che vedo Cutter, prego che Benny gli assomigli fra una decina di anni," mormorò Jessyka, appoggiando il mento sulla mano mentre guardava gli uomini. "È così... virile."

"Virile?" Julie rise. "Perché, gli altri no?"

"Sai cosa voglio dire. Ha un'aria distinta. I capelli e la barba ingrigiti, le spalle larghe... persino quella spruzzata di grigio sul petto è uno schianto."

"Frequenta qualcuna?" chiese Julie. "Patrick mi dice sempre che è fantastico come assistente, ma non mi racconta mai della vita sentimentale degli altri."

Caroline fece spallucce. "Non credo, ma Wolf è identico. Spettegolano come ragazzine fra di loro e in ufficio, ma poi lui mi dice che il codice degli uomini gli impedisce di rivelare i dettagli. A volte, vorrei che i nostri uomini non fossero così onorevoli."

Tutte ridacchiarono, ma Kiera prese fiato quando un piede scattò verso il viso di Cooper.

"Rilassati," le mormorò Cheyenne, appoggiandole una mano sul braccio. "Il tuo uomo sa quello che fa."

Era vero. Non appena il piede si era mosso verso di lui, Cooper lo aveva afferrato e lo aveva strattonato verso l'alto, facendo cadere sulla sabbia uno dei SEAL. Gli uomini risero e continuarono a cercare di darsele di santa ragione. O almeno, così sembrava agli occhi di Kiera.

"Qualcuno capisce chi sta vincendo?" chiese Cheyenne.

"Ha importanza?" domandò Jessyka.

Cheyenne rise. "Mi sa di no. Ma so che io trarrò beneficio di tutto quel testosterone accumulato."

Kiera ridacchiò assieme alle altre donne e cambiò

posizione. Le sarebbe piaciuto davvero tanto godere degli ormoni accumulati da Cooper. Il pensiero la elettrizzava. Le piaceva l'idea che il suo uomo fosse romantico, come piaceva a qualunque donna, ma l'immagine di Cooper che la faceva sua e prendeva ciò che voleva, come lo voleva e con tutto il vigore che voleva, era enormemente eccitante.

Continuarono a guardare mentre gli uomini si mettevano reciprocamente alla prova. Come Cheyenne, Kiera non capiva chi stesse vincendo e in cosa consistesse esattamente ciascuna gara, ma guardare gli uomini in movimento era come osservare della poesia in atto. Erano tutti definiti, robusti, e in ottima forma. Era palese che i tre SEAL in congedo non avevano alcun problema a tenere il passo di quelli in servizio attivo. Persino Tex, nonostante la gamba artificiale, non sembrava risentire dello sforzo fisico.

Dopo circa un'ora e un ultimo tuffo nell'oceano per levarsi la sabbia di dosso, gli uomini si strinsero la mano. Cinque di loro risalirono la duna verso le loro donne, mentre gli altri si salutarono col mento e si incamminarono verso il parcheggio o gli uffici.

Le labbra di Kiera ebbero un guizzo alla vista di tutti quei sollevamenti di menti; le ricordavano il piccolo Frankie e il modo fantastico in cui Cooper lo aveva trattato. Incrociò lo sguardo dell'uomo mentre questi risaliva la leggera altura per raggiungerle.

Cooper andò subito da lei, le prese la testa fra le mani e la baciò. Non parve nemmeno imbarazzante che egli marcasse il territorio in maniera così pubblica e carnale.

"Ehi," disse Kiera quando, finalmente, Cooper si staccò.

L'uomo scosse la testa e indicò il proprio orecchio, per segnalare che non portava l'apparecchio acustico.

Kiera non lo aveva visto toglierselo, ma la cosa aveva senso. Probabilmente, non era il caso di farci entrare la sabbia, per non parlare dell'acqua di mare. Non sapendo come l'uomo vedesse l'idea di usare il linguaggio dei segni di fronte ai propri amici, lei esitò. Ma non avrebbe dovuto. Come se potesse leggerle nel pensiero, Cooper disse, mescolando linguaggio dei segni e sillabazione: "Credi che avrei detto tutte quelle cose a Frankie se mi mettesse in imbarazzo usare il linguaggio dei segni di fronte ai miei amici?"

Kiera ricambiò il sorriso e disse velocemente nel linguaggio dei segni: "No, ma non volevo fare nulla che potesse mettere a rischio la mia possibilità di prenderlo, prima o poi."

Cooper scoppiò a ridere e sorrise da un orecchio all'altro.

"Ehi, non è giusto," protestò Wolf. "Fate ridere anche noi?"

Kiera guardò Cooper, che stava ancora osservando Wolf. Disse rapidamente nel linguaggio dei segni: "Wolf vuole sapere cosa c'è da ridere."

"Niente che sia affar tuo," disse ad alta voce Cooper al suo amico, continuando a sorridere. "Sai, non ho mai pensato davvero ai segnali non verbali che usavamo sempre all'interno della squadra, ma è incredibile quanto alcuni siano simili all'ASL, il linguaggio dei segni americano."

Kiera adorava il fatto che l'uomo non avesse alcun problema a parlare coi suoi amici, anche senza l'apparecchio acustico e pur non potendo udire le loro risposte.

Sentì a malapena gli altri uomini che concordavano e borbottavano di aver bisogno di fare la doccia. Aveva occhi solo per Cooper. Ogni momento trascorso con lui la faceva innamorare ancora di più. Tutte quelle settimane in cui aveva avuto modo di conoscerlo meglio durante il tempo da lui trascorso alla scuola avevano trasformato i suoi sentimenti, passando da rispetto e ammirazione a desiderio e voglia. Non poteva ancora dire di amarlo, ma sapeva che non ci sarebbe voluto molto. Non se lui avesse continuato a stupirla col proprio essere meraviglioso.

"Ho bisogno di fare la doccia," disse l'uomo nel linguaggio dei segni.

"Questo è vero," ribatté lei.

Le labbra dell'uomo ebbero un guizzo. "Non essere timida. Dimmi cosa pensi."

"Lo farò. Spero che non sia un problema."

"No. A me piace moltissimo. Dai, mi faccio la doccia, mi rimetto l'orecchio e andiamo."

Kiera adorava il modo in cui l'uomo si era espresso: "Mi rimetto l'orecchio." Era un'affermazione leggera e del tutto priva di imbarazzo. Era perfetta.

"Da quanto conosci Cooper?" chiese Cheyenne mentre il gruppetto scendeva lungo la duna di sabbia, diretto verso gli uffici e le docce.

"Circa due mesi, credo," rispose Kiera. Si rivolse a Cooper ed ebbe una breve conversazione con lui, confermando la data prima di voltarsi di nuovo verso Cheyenne. "Sì, due mesi."

"È davvero bello che tu possa parlargli così," disse a bassa voce Julie.

Kiera fece spallucce. "L'ASL è una lingua. Proprio come lo spagnolo, il tedesco e le altre. Credo che alcuni vedano i sordi come handicappati, quando in realtà sono semplicemente bilingui."

"È verissimo," disse Jessyka, lo stupore palese nel suo tono di voce. "Non ci avevo mai pensato prima."

"Vedrò se riesco ad avviare un programma di addestramento per insegnare ai SEAL sotto il mio comando il linguaggio dei segni. So che la maggior parte dei ragazzi ha già una specie di codice di comunicazione non verbale, ma credo che sarebbe utile se tutti conoscessero gli stessi segnali e la stessa lingua," disse Patrick al gruppo.

"Ci sto," disse subito Wolf.

"Anch'io," aggiunse l'omone accanto a Cheyenne.

"So che tutti i ragazzi della nostra squadra parteciperebbero," confermò il marito di Jessyka.

"Non entusiasmatevi troppo; potrebbe volerci un po'," avvertì il comandante. "Devo trovare un insegnante adatto. Non posso mica prenderne uno dalla strada... senza offesa, Kiera."

Lei liquidò la premura dell'uomo. "No, capisco. Le cose che fate voi altri sono segretissime e, sebbene si tratti solo di parole, volete trovare qualcuno che capisca quello che fate e le situazioni in cui vi trovate, in modo da imparare i termini più appropriati. Non avete bisogno di imparare cose come 'mela' o 'asparago'."

Cooper le diede un colpetto sulla spalla e disse nel linguaggio dei segni: "Cosa sta dicendo?"

Rapidamente, Kiera gli riepilogò la conversazione. Cooper non rispose, ma assunse un'espressione introspettiva. Kiera sollevò le mani per chiedergli cosa stesse pensando, ma fu interrotta dal grido di Cheyenne.

"Faulkner! Mettimi giù!"

Il marito della donna se l'era messa in spalla e si stava dirigendo a grandi passi verso il parcheggio.

"Ci vediamo domani, Dude!" chiamò Wolf, ridacchiando.

Kiera sentì la risata di Cheyenne mentre la donna cercava, senza troppi sforzi, di divincolarsi dalla presa del marito. Non riuscì a sentire quello che il SEAL disse alla moglie, ma Cheyenne si immobilizzò e lui spostò la presa fino ad averla fra le braccia mentre continuava a camminare.

Kiera vide Cheyenne portare una mano al viso dell'uomo e sorridergli prima che i due si allontanassero troppo perché fosse possibile distinguere i dettagli. Ripensò al commento dell'altra donna riguardo ai benefici del testosterone del marito e si eccitò di nuovo.

Arrivarono alla porta degli uffici e Kiera sentì una mano sul viso e si voltò verso Cooper. "Mi dai venti minuti per fare la doccia?" chiese a bassa voce l'uomo.

Lei annuì e lui la baciò brevemente sulle labbra, per poi svanire negli uffici assieme al resto degli uomini.

"Vado a prendere i bambini e ad aspettare Kason a casa," disse loro Jessyka. "È stato bello conoscerti, Kiera. Spero che ci rivedremo."

"Anch'io. Alla prossima," rispose Kiera.

Si lasciò cadere su una panchina accanto a Julie per aspettare Cooper.

"E così... tu e Coop? È ufficiale?" chiese Julie con un sorriso.

Kiera si limitò a sorridere. "Già."

"Fantastico," mormorò la sua amica, dandole un colpetto con la spalla.

"Devo dire che mi sembra che se la stia cavando molto bene," osservò Caroline. "Non che siamo grandi amici, ma Wolf mi ha detto che era molto in difficoltà dopo essere rimasto ferito. Non voleva più frequentare nessuno e non andava da nessuna parte senza l'apparecchio acustico. Sono molto felice di vederlo rilassarsi un po'."

Kiera annuì. "Sì, ho notato anch'io quel cambiamento. Quando ha cominciato a fare volontariato alla mia scuola, non parlava molto e stava parecchio sulle sue. Ma più aiutava i bambini e più sembrava rendersi conto che la sordità non è la fine del mondo."

"Ho visto che lo trascinavi via dalla mia festa," osservò Julie. "Credi che c'entri qualcosa col suo nuovo atteggiamento?"

"No. Io non c'entro nulla," protestò Kiera.

"Credo che tu ti sbagli," ribatté Julie. "Non sto dicendo che tu non abbia ragione a dire che i bambini e il volontariato gli siano stati d'aiuto. Patrick non glielo avrebbe suggerito così fortemente se non avesse creduto che sarebbe stato utile. Ma quei ragazzi... sono molto più sensibili di quanto vogliano far credere al mondo. Sparano loro addosso? Nessun problema; stringono i denti e tirano avanti, ansiosi di tornare in prima linea. Ma quando vengono feriti al punto da non poter più fare ciò che hanno trascorso buona parte delle loro vite da adulti a perfezionare? È più dura per loro rispetto a chi non è un militare. Soprattutto se sono single. Cominciano a pensare di non essere abbastanza. Che nessuno li amerà mai. Le emozioni peggiorano fino a quando loro non credono che tutto ciò che gli altri possono vedere sia quella disabilità. Una cicatrice. Una gamba claudicante. La perdita dell'udito."

Le donne tacquero per un lungo istante, poi Julie si mise a ridere nervosamente. "Non sono un'esperta, ma ho letto su questo argomento e ho osservato gli uomini di Patrick. Vedo la differenza fra il Cooper di una settimana fa e l'uomo che si è divertito con gli amici questa sera sulla spiaggia. Credo che tu sia una delle ragioni per cui, all'improvviso, lui è venuto a patti con la perdita dell'udito, Kiera."

Kiera sapeva di essere arrossita, ma riuscì a stringersi nelle spalle. "Non sto cercando di diventare il suo eroe."

"Ma a quanto pare, lo sei comunque," disse Caroline senza batter ciglio. Poi sorrise. "Benvenuta nell'assurdo mondo di chi ama un Navy SEAL. In congedo o meno, il tuo uomo è un SEAL fino al midollo."

Kiera sorrise. "C'è una spilletta o qualcosa di simile?"

"Una spilletta per cosa?" chiese Cooper mentre usciva dalla porta.

Kiera si alzò e si voltò verso di lui. Aveva un bell'aspetto. Molto bello. Aveva ancora i capelli umidi dalla doccia e lei sentiva l'odore del sapone sulla sua pelle. Scosse la testa. "Niente. Discorsi da donne."

"Buon Dio, sono nei guai," scherzò Cooper. "I discorsi da donne con Caroline e Julie non possono essere niente di buono."

"Stai zitto, amico," disse Julie mentre si alzava.

"Abbi paura. Molta paura," disse Caroline con tempismo perfetto.

I loro uomini uscirono dalla porta e Wolf chiese: "Paura di cosa?"

Kiera scosse la testa. Non ce la faceva. I ragazzi erano troppo divertenti.

"Come non detto. Sei pronto ad andare?" chiese Caroline a suo marito.

"Se lo sei tu," rispose Wolf.

"Tesoro, ti dispiace se ci fermiamo in ospedale mentre torniamo a casa? Vorrei andare a trovare un marinaio che hanno appena ricoverato," chiese

Patrick dopo aver baciato dolcemente Julie sulla tempia.

“Certo che no,” disse Julie. “È un SEAL?”

“No. È un semplice marinaio. Sembra che sia stato molto male sulla portaerei dove milita. Gli hanno rimosso l’appendice a bordo, ma ci sono state delle complicazioni e lo hanno rimandato a casa. Ha bisogno di qualcuno che lo tiri un po’ su, perché la sua famiglia non è ancora arrivata.”

“Cosa stiamo aspettando?” chiese Julie, tirando Patrick per la mano. “Andiamo. Ci vediamo, Kiera!” esclamò mentre trascinava suo marito verso il parcheggio.

“Finalmente soli,” disse Cooper dopo che le altre due coppie furono svanite alla vista.

“Ti sei rimesso l’orecchio?” chiese Kiera.

Cooper annuì. “Sì. Ma non sono sicuro di riuscire ad affrontare un ristorante affollato. Che ne dici di prendere qualcosa da asporto?”

“Mi piace moltissimo,” rispose Kiera. “Preferisco stare con te nella pace e tranquillità di uno dei nostri appartamenti piuttosto che attorno a un brutto tavolo pieno di germi.”

Cooper rise. “Anch’io. E finora non avevo mai pensato che i tavoli dei ristoranti fossero brutti e pieni di germi, grazie.”

“Oh, credimi, lo sono. La maggior parte del

tempo, non li puliscono nemmeno fra un cliente l'altro. Sono coltivazioni di brutte cose che non aspettano altro che una vittima a cui appiccicarsi per devastarle l'intestino."

Cooper si chinò e le baciò la sommità del capo. "Adoro il tuo modo di pensare."

Lei lo guardò confusa. "Adori il fatto che io pensi a quanto siano sporchi e disgustosi i tavoli dei ristoranti?"

"No. Adoro il fatto di non avere mai idea di cosa ti uscirà dalla bocca. Adoro sapere che, quando sono con te, prima o poi riderò. Adoro il fatto che tu dici quello che pensi. Adoro guardarti parlare nel linguaggio dei segni coi tuoi studenti e il fatto che tu riesca a farli sorridere con la stessa facilità con cui fai sorridere me."

Kiera fissò Cooper, incerta su come rispondere. Lui poteva anche essere più giovane di dieci anni, ma era più maturo di qualunque altro uomo lei avesse mai frequentato. Non la prendeva per il culo e tutte le parole che gli uscivano di bocca erano sincere e la facevano innamorare ancora di più.

"Dai," disse lui, palesemente ignaro di quanto lei fosse sconvolta. "Andiamo a cercare qualcosa da mangiare e a rilassarci. Non volevo dare inizio al nostro primo appuntamento ignorandoti per suonarle ai miei fratelli SEAL."

"Ma ho potuto vederti seminudo," disse di getto Kiera. "Direi che è stato un buon inizio."

Cooper scoppiò a ridere, quindi le passò una mano tra i capelli, scostandoglieli dolcemente dal viso. "Visto? Sei simpatica. Dai. Sto morendo di fame."

Kiera si rilassò contro il fianco di Cooper quando, invece di prenderla per mano, lui le passò un braccio attorno alle spalle e la attirò a sé. Lei gli fece scivolare un braccio attorno alla vita e insieme si incamminarono verso il parcheggio.

CAPITOLO SEI

Ore dopo, Cooper sedeva sul divano color camoscio di Kiera, rilassato e soddisfatto. Kiera se ne stava appoggiata al bracciolo, con le gambe nel suo grembo, e sorseggiava vino da quando avevano finito di cenare.

In televisione c'era *Il miglio verde*, naturalmente sottotitolato, ma nessuno dei due lo stava guardando. Avevano cominciato la serata alle estremità opposte del divano, ma quando Kiera si era lamentata di avere mal di piedi, lui si era offerto di farle un massaggio, e ora, eccoli lì.

A metà della cena, lui le aveva chiesto gentilmente di usare il linguaggio dei segni mentre parlava con lui, per aiutarlo a esercitarsi. Lei aveva accettato e da quel momento in poi non avevano smesso di parlare.

"Com'è stato crescere con un genitore sordo?" chiese Cooper.

Kiera si strinse nelle spalle. "Normale, immagino. Non ho termini di paragone, per cui non saprei proprio dire."

"Ti prendevano in giro?"

"No," disse Kiera; poi prese il bicchiere di vino, bevve un sorso e lo rimise sul tavolo accanto al divano, per continuare a usare il linguaggio dei segni mentre parlava. "A scuola, non usavo il linguaggio dei segni. A casa usavo segni e voce, come sto facendo ora." Fece spallucce. "Non ci ho mai pensato molto. Il linguaggio dei segni mi viene naturale; è un po' come quelle persone che, da giovani, parlavano, che ne so, lo spagnolo in casa e l'inglese fuori da casa."

"Credo che tu sia fantastica," le disse Cooper, stringendole la gamba. "Io trovo incredibilmente difficile coordinare le mani con quello che sento e unire il tutto."

"Non essere troppo duro con te stesso, Cooper. Hai appena cominciato. Ci vuole esercizio. Proprio come a fare il SEAL. Non hai imparato a fare le cose che facevi prima da un giorno all'altro."

Lui annuì. "Hai ragione, lo so. Ma non sono mai stato un uomo paziente."

Lo sguardo di desiderio negli occhi della donna lo spinse a deglutire faticosamente. Come fece il sottile movimento di lei sul divano. La voleva. Subito. La voleva nuda in ginocchio di fronte a sé, che glielo succhiava. La voleva stesa sul divano, bagnata e pronta per lui. Diamine, la voleva in tutti i modi possibili. Contro il muro, sul tavolo della cucina, sotto la doccia, nel letto. Le visioni di loro due che facevano l'amore gli travolsero il cervello e gli provocarono un'erezione immediata. Kiera lo notò.

Spostò le gambe fino a quando una di esse gli sfiorò l'erezione ed entrambi presero bruscamente fiato. Dando prova di maturità, cosa che Cooper trovò enormemente rinfrancante, la donna disse: "La pazienza è sopravvalutata."

Cooper sorrise e cambiò posizione fino a essere accovacciato sopra di lei. Quando lui aveva cominciato a muoversi, Kiera si era sdraiata. Le mani della donna gli afferrarono i bicipiti e lei gli sorrise. "Sei bellissima," mormorò Cooper mentre la guardava.

I capezzoli della donna erano piccole vette dure sotto la sua maglietta, lui sentiva il calore del corpo di lei contro l'interno della coscia mentre le stava a cavalcioni, e gli occhi azzurri della donna brillavano di interesse.

Quando lei non rispose, Cooper disse ciò che aveva in mente. "Non voglio affrettare le cose. Credo che sia palese che ti voglio." Appoggiò per un attimo il peso del corpo su di lei, facendole sentire quanto era duro, quanto era eccitato, prima di flettere i muscoli e accovacciarsi di nuovo.

L'inguine di Kiera si protese verso l'alto, cercando di seguirlo, ma lei si rilassò quando divenne palese che lui non le avrebbe dato la pressione che voleva.

"Cooper," si lamentò, ma lui non le diede la possibilità di implorare. Non poteva. Se lo avesse fatto, probabilmente avrebbe ceduto.

"Non voglio affrettare le cose. Ti ho desiderata per due mesi e non intendo saltarti addosso nelle prime ventiquattro ore dopo aver scoperto che l'interesse è reciproco. Ero un Navy SEAL. Conosco la disciplina."

"Di sicuro sai che anch'io ti voglio," disse Kiera senza fiato, fissandolo come se fosse un dono del Cielo.

"Ci speravo, ma grazie per avermi dato conferma, tesoro. Ma non voglio comunque affrettare le cose. Voglio godermi l'esperienza."

"Quale esperienza?"

"Quella di farti mia. Non voglio ricadere negli stereotipi che forse hai in mente, sull'uomo giovane all'inizio di una relazione. Sì, ti voglio. Ti voglio in tutti i modi possibili. Non vedo l'ora di averti, ma il sesso non è il motivo per cui voglio stare con te. Ti ammiro in maniera indicibile. Il modo in cui lavori coi bambini nella tua classe. Il modo in cui vuoi loro un bene sincero. Puoi anche non volere figli, ma ho visto quanto adori i bambini. Voglio sapere tutto di te prima di scoprire come trema il tuo corpo in preda all'orgasmo. Voglio sapere come sei la mattina prima di assaporarti dopo essere venuta. Voglio scoprire cosa ti rende felice e cosa ti dà fastidio prima di sentire il tuo corpo caldo e bagnato che mi stringe l'uccello mentre esplodi sotto di me. Insomma, tesoro, per quanto io voglia abbassarti i pantaloni e tuffare il viso nel tuo inguine, voglio prima conoscerti come persona. Posso rivelarti un segreto?"

Kiera deglutì a fatica prima di leccarsi le labbra e mormorare: "Se è roba più forte di quella che hai appena detto, non sono sicura di farcela."

Cooper si chinò e la baciò sulla fronte prima di tirarsi su. "Sì che ce la fai. Mi sto rendendo conto che tu puoi affrontare qualunque cosa. Dal primo giorno in cui ci siamo conosciuti, mi sono reso conto che tu eri la mia ricompensa."

"Come? Non capisco."

"Io ho sempre vissuto alla giornata. Non ho mai pensato davvero al futuro, credendo di avere tutta la vita per preoccuparmi. Poi, dopo che sono rimasto ferito, non ho più saputo che pesci pigliare. Non volevo uscire dal mio appartamento, non volevo avere a che fare con nessuno, perché mi imbarazzava dover chiedere loro di ripetere così tante volte quello che avevano detto. Era amareggiato, perché avevo dato tanto al mio Paese e non avevo nulla da mostrare. Poi ti ho conosciuta e ho capito. Tu sei la mia ricompensa. La mia ricompensa per tutto quello che ho fatto. Per tutto quello che ho sacrificato. Sei il dono che mi ha fatto l'universo perché sono sopravvissuto a quell'esplosione."

"Oddio," mormorò Kiera, scuotendo la testa. "Cooper, no, non è–"

"Non te l'ho detto per spaventarti."

"Alla faccia," disse sarcastica lei, sbattendo furiosamente le ciglia per cercare di trattenere le lacrime che Cooper vedeva accumularsi nei suoi occhi.

"Tu sei tutto ciò che io ho mai voluto da una donna. Sicura di te. Realizzata. Intelligente. Non hai *bisogno* di me, ma spero che tu mi *voglia*."

"Sì," disse subito lei.

"Quello che voglio dire è che, sin dal giorno in cui ti ho conosciuta, ti voglio. E tutti i giorni in cui ti sono stato vicino da quel momento in poi non hanno fatto che rafforzare l'idea. Sì, voglio fare l'amore con te. Ti voglio anche scopare. Ma prima voglio frequentarti. Conoscerti. Farti conoscere me. Va bene?"

"Sì," rispose immediatamente Kiera. "Dio, sì." Si mosse sotto di lui. "Ma questo significa che non possiamo... limonare ogni tanto, mentre ci conosciamo?"

Cooper ridacchiò. "No. Possiamo limonare. Ma non pensare che questo mi faccia dimenticare che voglio aspettare per...” Si mise sulle ginocchia, formò un cerchio con una mano e usando l’indice dell’altro, mimò in maniera piuttosto rozza l’atto sessuale.

Kiera rise e gli afferrò le mani. “Quello che hai appena fatto è il segno per il sesso anale.”

Cooper abbassò immediatamente le mani. Buon Dio, l’ultima cosa che voleva fare era dire a Kiera che voleva scoparla nel culo al loro primo appuntamento.

Ma invece di offendersi, lei rise. “Se solo potessi vedere la tua faccia, Cooper. Ci sono un sacco di parolacce che posso insegnarti, ma solo se mi prometti di non farle vedere a Frankie o a chiunque altro.”

Cooper sapeva che le sue sopracciglia erano scattate verso l’alto per l’orrore. “Ma ti pare? Ha sette anni!”

“Stavo solo scherzando. So che non lo faresti mai.” Kiera arricciò il naso, cosa che lui trovò adorabile, poi disse: “D’accordo. Ti mostro come si dice ‘scopare’. Fai il segno della pace con entrambe le mani.” Diede una dimostrazione, sollevando le mani.

Cooper la imitò e attese con un gran sorriso sul viso. Se qualcuno gli avesse detto, subito dopo che era rimasto ferito, che sarebbe arrivato lì, in ginocchio sopra la donna che avrebbe tanto voluto fare sua, a imparare come si diceva ‘scopare’ nel linguaggio dei segni, lui lo avrebbe preso a calci e gli avrebbe detto di smetterla di prenderlo in giro.

"Adesso gira una mano in modo che il dorso sia rivolto verso il pavimento e con il dorso dell'altra mano rivolto verso il soffitto, sbattile l'una contro l'altra... Sembrano due conigli che ci danno dentro."

Ancora una volta, la donna gli diede una dimostrazione e Cooper sentì il sorriso stupido che si allargava sul suo volto. Imitò il movimento e lei annuì. "Così."

Senza dire una parola, Cooper si chinò a baciarla. Usando solo le labbra, cercò di mostrarle quanto era già importante per lui.

Kiera cercò di attirarlo verso il basso in modo che fosse sdraiato sopra di lei, ma Cooper si rifiutò cocciutamente di muoversi. Alla fine, rendendosi conto che lui non aveva intenzione di fare ciò che lei voleva, Kiera gli passò delicatamente le unghie lungo i bicipiti e si lasciò andare al suo bacio, permettendogli di assumere il controllo.

Cooper chiuse gli occhi e si concentrò sull'imparare a memoria il sapore e la consistenza della bocca di Kiera sotto la sua. Non sapeva come un bacio potesse eccitarlo al punto da fargli quasi temere che sarebbe venuto nei pantaloni, ma non era mai stato così felice in vita sua.

Tirandosi indietro, la guardò e attese che lei

aprisse gli occhi. Quando ciò accadde, disse a bassa voce: "È tardi. Devo andare."

Mettendo il broncio, Kiera chiese: "Così presto?"

"Sono qui da ore," le disse Cooper.

"Così presto?" ripeté Kiera con un sorrisetto.

Cooper si mise seduto e la fece sollevare accanto a sé. "Grazie per questo splendido primo appuntamento, tesoro. Vuoi pranzare insieme domani?"

"Sì."

La risposta di Kiera fu immediata e sentita. Anche se lui aveva avuto più o meno la certezza che avrebbe accettato, rimase comunque sollevato. Aveva frequentato abbastanza donne da sapere che, spesso, loro giocavano a strani giochi, credendo che dovessero passare tre giorni fra un appuntamento e l'altro, o che accettare di rivedere un uomo troppo presto dopo il primo appuntamento significasse che lui si sarebbe annoiato e avrebbe pensato che non valesse la pena di inseguire la donna. Cooper non aveva idea di quale fosse l'origine di quelle idee.

"Ti chiamo e ci mettiamo d'accordo. Va bene?"

"Perfetto. Cooper?"

"Sì?"

"Grazie."

"Per cosa?"

"Perché sei un bravo ragazzo. Perché mi fai sentire speciale. Perché sei riuscito ad andare oltre quello che ti passava per la testa dopo che sei rimasto ferito per diventare l'uomo fantastico di oggi. Per non essere morto quando eri un SEAL. E per aver accettato di fare volontariato alla mia scuola."

"Prego." Cooper avrebbe potuto aggiungere molto altro, ma si disse che quella semplice risposta era sufficiente.

Dieci minuti dopo, mentre tornava a casa, Cooper non riuscì a trattenere il sorriso. Si rese conto che, per la prima volta da molto tempo, era felice. Eccitato, ma felice. Pur sapendo che lo attendevano lunghe settimane di docce fredde e masturbazione quando avrebbe voluto essere con Kiera, sorrise comunque. Ne sarebbe valsa la pena. *Lei* sarebbe valsa la pena.

CAPITOLO SETTE

"QUANDO TORNI?" chiese Cooper a Tex mentre era seduto nella sua auto fuori dalla Scuola per Sordi di Riverton. Aveva scoperto che, alzando al massimo il volume dell'auricolare, poteva usare il telefono senza il teleprompter. A volte era più facile utilizzare semplicemente la trascrizione vocale, ma quando lui parlava coi suoi amici – e, naturalmente, con Kiera – preferiva rivolgersi direttamente a loro piuttosto che leggere le loro parole su uno schermo.

Lui e l'ex-SEAL avevano stretto amicizia quando l'altro uomo era venuto in visita due mesi prima e da quel momento in poi si erano tenuti in contatto. Avevano avuto un paio di lunghe conversazioni su quanto fosse difficile acclimatarsi alla vita da civile dopo essere stati tanto a lungo operativi nelle forze speciali.

Tex gli aveva dato molti buoni consigli, che lo avevano spinto a riflettere seriamente sulla sua vita e, finalmente, a giungere a patti con lo schifo che gli era successo.

Ma nell'ultimo mese, i due si erano chiamati semplicemente per parlare del più e del meno. Cooper trovava davvero simpatico Tex e, insieme, avevano abbozzato un piano in base al quale l'altro sarebbe tornato a trovarlo. Era piacevole che Tex volesse fare il viaggio apposta per vederlo. Cooper sapeva che Tex era amico di Wolf e degli altri SEAL che militavano sotto il comandante Hurt, ma sentire l'altro uomo dire esplicitamente che voleva trascorrere del tempo con lui gli dava la sensazione che Tex fosse davvero un amico e che non stesse semplicemente facendo un favore a Hurt. Prima o poi, Cooper avrebbe voluto restituire il favore e andare in Virginia a conoscere Melody e i figli della coppia, portando Kiera con sé.

Lui e Kiera avevano trascorso quasi tutti i giorni insieme e lui non era mai stato più felice. Ora era venerdì e, dopo il lavoro, lei sarebbe venuta a casa sua. Era arrivato il momento.

L'aveva blandita e corteggiata per due mesi. Aveva imparato molte cose su di lei, proprio come lei aveva fatto con lui. Aveva imparato che, se Kiera non beveva il caffè di prima mattina, non era il caso di parlarle di cose importanti. Proprio come lei aveva imparato che lui era decisamente mattiniero.

Avevano avuto qualche discussione – lui non le avrebbe definite litigate – ma esse erano finite coi due che si conoscevano meglio a vicenda. Tutto sommato, Cooper era più che sicuro che Kiera fosse la donna con cui voleva trascorrere il resto della propria vita e sperava che lo stesso valesse per lei.

Quella sera, voleva fare l'amore con lei. Voleva mostrarle quanto l'amava. Sapeva che lei era pronta: Kiera glielo aveva detto nello stesso modo con cui si aggrappava a lui quando limonavano, nello stesso modo in cui lo implorava di andare oltre e col modo in cui metteva il broncio quando lui si staccava. Non era stata davvero sua intenzione stuzzicarla, ma l'ultimo fine settimana, quando lei gli aveva rivolto quell'accusa, lui si era reso conto che il motivo per cui aveva voluto aspettare era da tempo superato. La conosceva, proprio come lei conosceva lui. Era ora di smettere di torturare entrambi.

La voce di Tex lo strappò dal suo sogno a occhi aperti su Kiera e lo riportò al presente.

"Pensavo di scendere la settimana prossima... se non è un problema."

"Certo che no. Va benissimo. Melody e i bambini vengono con te?"

"Non questa volta," rispose Tex, con una nota di

contrarietà nella voce. "E né lei né le altre mogli ne sono felici. Akilah ha una cosa a scuola che non vuole perdersi."

"Per *te* sarebbe un problema perdertela?" chiese Cooper.

"No. È una recita in cui Akilah ha una piccola parte. L'ho vista esercitarsi con le battute diverse volte e l'ho aiutata. Non solo, ma la recita si terrà in due fine settimana di fila. Io la vedrò questa sera, ma Melody vuole andare a tutte le esibizioni. E la mia sopportazione è limitata," disse ridacchiando Tex.

"Quanto puoi fermarti?"

"Solo per qualche giorno. Patrick ha detto che mi organizzerà una rapida sessione di addestramento con la squadra di Wolf, per cui il viaggio sarà deducibile dalle tasse e la mia società di sicurezza potrà rimborsarmi."

"Fantastico," gli disse Cooper. "Sono felice che tu sia riuscito a organizzare tutto."

"Anch'io. Arriverò mercoledì e ripartirò domenica. Va bene?"

"Certo. Vuoi venire a scuola con me per un paio d'ore? Ho detto al preside che avrei tenuto una presentazione agli studenti più grandi riguardo alla Marina e ai SEAL."

"Io non conosco il linguaggio dei segni," ammise Tex.

"Nessun problema. Posso tradurre io per te."

"Allora va benissimo. Sembra divertente."

"Hai già trovato un posto dove stare?"

"No. Stavo appunto per cercarlo."

"Puoi stare da me," disse Cooper. "E sono sicuro che anche Wolf e gli altri ti ospiterebbero volentieri."

"Grazie per l'offerta. Sei sicuro che non ti sarei di impiccio?" chiese Tex.

"No. Sono abbastanza sicuro di poter stare con Kiera mentre tu sarai a casa mia."

"Le cose vanno bene, allora?"

"Sì. Non avevo mai conosciuto una come lei. Quando non sono con lei, penso a stare con lei. E quando lo sono, non riesco a immaginare di essere da un'altra parte."

"Proprio come me e Melody. Sono felice per te," gli disse Tex.

"Grazie. Ci vediamo mercoledì, allora. Ti serve un passaggio dall'aeroporto?" chiese Cooper.

"No. Verrà a prendermi Wolf. Ci vediamo la settimana prossima."

"Alla prossima."

"Ciao."

Cooper chiuse la chiamata e aprì subito la portiera. Trascorreva sempre più tempo alla scuola e ne adorava ogni minuto. Non solo aveva modo di vedere Kiera, ma poteva trascorrere del tempo con

Frankie e con gli altri bambini. Ruotava ancora da una classe all'altra, ma passava sempre da quella di Kiera prima di lasciare la scuola.

Vedere gli occhi di Frankie che si illuminavano quando lo vedeva era bello quasi quanto vedere Kiera fare lo stesso. Quasi.

Cercando di non pensare alla notte che lo attendeva, Cooper si sistemò il membro nei pantaloni e gli ordinò di stare buono. L'ultima cosa di cui aveva bisogno era che gli si vedesse il durello in classe. Quella roba avrebbe potuto farlo bandire a vita... e per buone ragioni. Dopo aver tratto una serie di respiri profondi, si incamminò fino alla porta della scuola. Avrebbe fatto un salto all'ufficio per firmare, avrebbe controllato dove poteva rendersi meglio utile e avrebbe visto Kiera. Sarebbe stata una giornata fantastica.

Kiera non riusciva a credere quanta differenza avesse fatto Cooper nella crescita educativa ed emotiva di Frankie. Dal giorno in cui l'uomo aveva cominciato a fare volontariato nella sua classe, Frankie era passato dall'essere molto chiuso al diventare il bambino più popolare della classe. Tutti gli altri volevano sedere vicino a lui, facevano a gara per fare coppia con lui nelle attività di gruppo, e da quel giorno in poi lui non aveva più pranzato da solo.

Aveva anche cominciato a eccellere in tutti gli aspetti del curriculum. Il suo linguaggio dei segni era migliorato del cento per cento, ora che si stava sforzando di imparare. Leggeva allo stesso livello degli altri bambini della sua classe e le sue capacità matematiche, che erano sempre state molto buone, erano diventate eccezionali. Una delle cose che Kiera amava di più del fatto di essere un'insegnante era vedere uno studente che faceva progressi e i progressi di Frankie erano notevolissimi.

Sembrava che la situazione domestica del ragazzino fosse molto più stabile, ora che lui e suo padre si erano sistemati e che sua madre era fuori dalla sua vita. All'ultimo colloquio, il padre di Frankie aveva confessato che la sua ex aveva cercato di contattare Frankie in alcune occasioni, chiamando a casa nella speranza che fosse il figlio a rispondere, ma per fortuna l'uomo aveva intercettato le telefonate. Senza l'influenza nefasta della madre, il ragazzino stava sbocciando e prosperava.

Ma non era solo Frankie ad andare eccezionalmente bene. Lo stesso Cooper, a quanto pareva, era stato contagiato dalla mania del linguaggio dei segni e stava imparando l'ASL a una velocità sorprendente. Ora comunicava con disinvoltura nel linguaggio dei segni con gli altri insegnanti ed era molto raro che dovesse chiedere a Kiera di fargli da interprete o di dirgli un segno. Le aveva mostrato una app che usava per studiare da solo ed era incredibile quali risultati avesse ottenuto.

Cooper poteva anche non essere laureato, ma era intelligente, molto intelligente, e Kiera si sentiva estremamente fortunata a stare con lui. Quando avevano cominciato a frequentarsi, lei gli aveva chiesto spesso se volesse davvero stare con *lei*, una donna matura che non era esattamente Miss America, e lui l'aveva rassicurata innumerevoli volte, fino a quando, una sera, non si era addirittura arrabbiato con lei.

Non avevano esattamente litigato, ma Cooper era stato così frustrato dalla sua scarsa autostima per quanto riguardava la loro relazione da dirle che la cosa gli stava provocando insicurezza. Aveva detto che, se non avesse voluto stare con lei, non lo avrebbe fatto. Ma era estremamente felice per la prima volta in vita sua e stare con lei lo rendeva orgoglioso e facilitava la sua transazione alla vita da civile.

Ripensandoci, Kiera si era resa conto che l'uomo aveva ragione. Lei doveva smetterla di chiedersi perché Cooper stesse con lei e semplicemente godersi la vita. Nessuno li indicava col dito o rideva quando uscivano insieme. Ma il fatto era che, se la cosa non aveva importanza per loro due, gli altri potevano anche andarsene al diavolo.

Una volta che lei aveva superato le sue paranoie riguardo alla loro differenza di età, l'ultimo mese era stato un idillio... tranne per l'ostinato rifiuto, da parte di Cooper, di fare sesso. Kiera stava cominciando a farsi venire un complesso. Lo aveva praticamente implorato di fare l'amore con lei, la sera prima, e lui aveva rifiutato comunque. Che razza d'uomo si comportava in quel modo?

Era assurdo e frustrante, ma non le faceva venire voglia di rompere con lui. Kiera voleva solo capire cosa lo trattenesse. Un conto era stato quando avevano cominciato a frequentarsi. Le era piaciuta l'idea che Cooper volesse fare con calma e permettere a loro due di conoscersi prima di consumare la loro relazione. Ma ora? Kiera era pronta. Più che pronta. Quella sera, aveva intenzione di avere una bella conversazione seria con lui e capire quali fossero le sue intenzioni.

Al momento, la classe era seduta in cerchio per il "dialogo". Era un momento informale della giornata, durante il quale ciascun bambino aveva la possibilità di raccontare agli altri qualcosa che aveva fatto la sera prima, o anche semplicemente di condividere una storia. Ciò li aiutava a sviluppare il linguaggio dei segni e le capacità relazionali.

Di solito, la piccola Jenny raccontava ai suoi compagni cosa aveva mangiato a cena, mentre a Rebecca piaceva parlare del cagnolino che la sua famiglia aveva preso. Il resto degli studenti aveva ciascuno le sue peculiarità e, in generale, Kiera sapeva di cosa avrebbe parlato ciascuno di loro. Con l'eccezione di Frankie.

Le cose di cui parlava Frankie andavano dalle banalità a ciò che una volta gli diceva sua madre. Kiera non avrebbe mai dimenticato il giorno in cui il bambino si era aperto – probabilmente grazie alla presenza di Cooper – e aveva raccontato di come sua madre gli avesse detto che si era ammalato e aveva perso l'udito da neonato perché Dio aveva sbagliato a permettergli di nascere e ora lo voleva punire.

Kiera era inorridita e aveva fatto del suo meglio per rassicurarlo che ciò che gli aveva detto la madre non era vero. Ma solo quando una delle bambine della classe gli aveva detto innocentemente "Ma se tu non fossi qui, non saremmo amici," Frankie era parso tranquillizzarsi. Grazie a Dio per l'innocenza dei bambini.

Al momento, nel cerchio del dialogo, Frankie voleva saperne di più dell'esperienza di Cooper nella squadra SEAL.

"Puoi raccontarci ancora di quando dovevi usare quei segni segreti coi tuoi amici?" chiese a Cooper nel linguaggio dei segni. Era ossessionato dall'argomento da quando Cooper lo aveva menzionato per la prima volta.

Lei e Cooper avevano parlato dei limiti di ciò che i bambini di prima potevano sapere o meno della sua carriera militare, per cui Kiera non dubitava che Cooper non avrebbe detto nulla che potesse spaventare i piccoli.

Quando l'uomo rispose, lo fece muovendo le mani in maniera lenta e precisa, in modo che tutti i bambini lo capissero. Kiera era molto orgogliosa dei passi che aveva fatto per quanto riguardava il linguaggio dei segni e la sicurezza di sé.

"Una volta, eravamo nella giungla e stavamo osservando i cattivi. Dovevamo essere molto silenziosi, per non farci sentire."

"Come quando si gioca a nascondino?" interruppe Frankie.

"Proprio così, amico mio," disse Cooper, sorridendo, nel linguaggio dei segni. "Comunque, io ero sdraiato vicino a uno dei miei compagni e ho visto un enorme serpente fra i rami sopra la sua testa. Sapevo che lui aveva una paura mortale dei serpenti, per cui gli ho indicato che c'era un pericolo sopra la sua testa. Non avevamo un segnale per dire 'serpente'. Lui ha annuito e mi ha risposto che aveva capito e che stava tenendo d'occhio i cattivi. Io ho scosso la testa e ho cercato di insistere, ma lui ha frainteso di nuovo. Alla fine, ho indicato sopra la sua testa e ho fatto uno strano segno per indicare il serpente, più o meno così..." Cooper mostrò un gesto che non c'entrava nulla col segno che significava "serpente" e tutti i bambini risero.

"Allora, il mio amico capì. Non poteva alzarsi, perché i cattivi lo avrebbero visto, e non poteva gridare perché... c'erano i cattivi, appunto."

"Cosa ha fatto?" chiese Frankie nel linguaggio dei segni, con un gran sorriso sul viso.

"È svenuto," disse Cooper al ragazzino e agli altri bambini. "Era così spaventato che ha letteralmente chiuso gli occhi e ha perso conoscenza nella giungla, nel bel mezzo della missione."

Tutti risero. Kiera adorava quel suono. Di solito, la sua aula era molto silenziosa, diversamente da come sarebbe stata una stanza piena di bambini udenti. Ma quando i suoi bambini ridevano, era uno dei suoni più gioiosi che lei avesse mai udito.

"Il serpente è riuscito a morderlo?" chiese Frankie dopo aver smesso di ridere.

Cooper scosse la testa. "No. Non si è nemmeno avvicinato. È strisciato via e basta, come se il mio amico non fosse degno del suo tempo. Volete sapere qual è la parte più divertente della storia?"

"Qual è?" chiese con impazienza Frankie.

"Da quel momento in poi, il nuovo soprannome del mio amico è diventato Snake."

Ancora una volta, tutti i bambini risero.

Controllando l'orologio e vedendo che era giunta l'ora della ricreazione, Kiera agitò le mani e informò i bambini che era ora di fare una pausa. I piccoli si alzarono immediatamente e cominciarono a riportare le sedie ai banchi, come era stato insegnato loro. Sotto il suo sguardo, Frankie andò da Cooper e lo tirò per la camicia per attirare la sua attenzione.

Una volta ottenutala, Frankie disse nel linguaggio dei segni: "Ti voglio bene."

Il cuore di Kiera si sciolse.

Cooper si accovacciò sui talloni e ricambiò il gesto, abbracciando poi Frankie.

Proprio quando lei credeva di non poter amare di più quell'uomo, lui la colpiva con un gesto simile.

Amore. Sì, lei lo amava. Due mesi erano pochi, ma nel profondo del suo cuore lei sapeva che Cooper era quello giusto.

Frankie si staccò, sorrise a Cooper e corse al suo armadietto a prendere la giacca prima di mettersi in fila dietro agli altri bambini.

Era il turno di Kiera di tenere d'occhio i bambini a ricreazione; gli insegnanti si alternavano in quel compito, per fare tutti una pausa nel corso della giornata. Kiera non aveva il tempo per dire e mostrare a

Cooper quanto lo apprezzasse, per cui si accontentò di un rapido abbraccio mentre i bambini erano impegnati con le giacche e a mettersi in fila.

Si alzò in punta di piedi e abbassò la testa dell'uomo per avvicinare le labbra al suo orecchio sinistro, per essere sicura che egli avrebbe sentito. "Sei fantastico, Cooper Nelson. Non vedo l'ora di mostrarti quanto ti considero fantastico questa sera."

Lui le diede una strizzata ai fianchi e le sorrise quando lei si staccò. "Ci vediamo a casa tua quando torni, dolcezza."

"D'accordo."

Poi, l'uomo si chinò e avvicinò sua volta le labbra all'orecchio di Kiera. Per poi sconvolgerla. "Questa sera, mi piacerebbe modificare la natura della nostra relazione... se tu lo desideri."

Kiera rabbrividì alla promessa che udì nella voce dell'uomo. Finalmente. "Oh, lo desidero," gli disse senza fiato. "Lo desidero *molto*."

Si raddrizzarono prima di scambiarsi un sorriso, fino a quando uno strattone alla camicia non attirò l'attenzione di Kiera. Era Jenny. "È ora di ricreazione," disse con impazienza la bambina nel linguaggio dei segni.

Cooper lasciò subito andare Kiera e fece un passo indietro, frapponendo una distanza rispettabile fra di loro. “Ci vediamo dopo,” disse nel linguaggio dei segni, per poi ammiccare.

Si recò di fronte alla fila dei bambini, che attendevano con pazienza il permesso di uscire. Li salutò uno alla volta, assicurandosi di arruffare loro i capelli o comunque di farli sentire speciali. Quando arrivò da Frankie, sollevò il mento come gli aveva insegnato a fare il giorno in cui si erano conosciuti. Quando ricevette in risposta una sollevata di mento accompagnata da un “Credo che tu piaccia alla signora Kiera” nel linguaggio dei segni, ridacchiò.

“Ne sono lieto. Perché anche lei piace a me,” disse al ragazzino. Poi gli appoggiò una mano sulla spalla, la strinse e se ne andò.

Kiera trasse un respiro profondo e condusse la sua classe all’aperto per far prendere ai bambini un po’ di aria fresca. Come era solita fare, passeggiò per il cortile mentre i bambini giocavano, piuttosto che starsene appoggiata all’edificio. Era convinta che fosse meglio restare all’erta ed essere raggiungibile nel caso uno dei bambini avesse bisogno di qualcosa, piuttosto che starsene vicina alla scuola.

Trasse un respiro profondo, poi un altro, e cercò di ricordare quale intimo avesse indossato quella mattina. Sembrava che Cooper avesse finalmente deciso di fare la sua mossa... e lei non avrebbe potuto essere più entusiasta.

CAPITOLO OTTO

Kiera era in ritardo. A fine giornata, ne era successa una dietro l'altra. Prima, il padre di Frankie aveva voluto parlarle quando era venuto a prendere il figlio, per assicurarsi che lei sapesse che la sua ex stava cercando di provocare dei guai. Lo perseguitava e minacciava di portare via Frankie per sempre nel caso lui non le avesse permesso di vederlo.

L'uomo aveva contattato la polizia, tanto quella di Riverton quanto quella di Los Angeles, dove viveva la sua ex, ma voleva assicurarsi che la scuola sapesse di dover mantenere la vigilanza per quanto riguardava suo figlio.

Kiera lo aveva rassicurato e aveva cercato di dirgli quanto bene andava Frankie, ma poi un'altra insegnante le aveva chiesto la sua opinione riguardo a un piano didattico. Poi era arrivato il preside, desideroso di fare quattro chiacchiere.

Di conseguenza, Kiera era partita per tornare a casa con un'ora e mezza di ritardo. Come aveva immaginato, Cooper l'aspettava quando lei entrò nel parcheggio del suo appartamento. Era appoggiato all'auto, le ginocchia piegate, la punta di uno stivale appoggiata al cemento, le braccia muscolose incrociate, gli occhiali addosso, i capelli scuri che brillavano al sole del tardo pomeriggio, e Kiera si eccitò solo a guardarlo.

L'uomo trasudava mascolinità e lei capì senza ombra di dubbio che, se anche l'uomo nero fosse apparso da dietro un cespuglio, Cooper avrebbe fatto tutto il necessario per tenerla al sicuro. Era quella certezza che lui avrebbe fatto qualunque cosa per lei a renderlo tanto attraente. Il fatto che fosse di bell'aspetto non guastava.

"Ehi," disse Kiera mentre scendeva dalla macchina che aveva parcheggiato accanto a quella di lui. "Scusa. Sono in ritardo."

Senza dire una parola, l'uomo si raddrizzò e si incamminò verso di lei. Le mise le mani sulle spalle, le sollevò il collo e la baciò. Non fu un bacio lungo, ma nemmeno breve. Kiera lo guardò e deglutì a fatica. Cooper era sempre intenso, ma quella sera lo sembrava ancora di più.

"Il resto della giornata è andato bene?" chiese a bassa voce lui.

Kiera annuì. "E a te?"

"Tutto a posto. Hai fame?"

"Non mi dispiacerebbe mangiare," rispose lei.

Cooper la fissò per un lungo istante prima di dire: "Ti ho aspettata per tutta la vita, Kiera. Non sapevo che fossi tu quella che aspettavo, ma ora che ti ho trovata, non voglio lasciarti andare mai più."

Con lo stomaco che faceva i salti mortali, Kiera sollevò le mani e le appoggiò sui bicipiti di Cooper. "Non voglio che tu mi lasci andare."

"In futuro farò qualcosa che ti farà incazzare, lo so. Dirò qualcosa di stupido e tu penserai che io sia insensibile. Ma giuro su Dio che non ti farò mai del male di proposito."

"Lo so," mormorò Kiera. Ed era vero. Imparando a conoscere Cooper, aveva visto di persona quanto egli fosse premuroso con lei.

"Ma devo dire una cosa..."

L'uomo tacque come per prendere coraggio e Kiera si irrigidì. Inconsciamente, gli affondò le unghie nelle braccia. Non riusciva a immaginare cosa lui dovesse dire che lo rendeva tanto nervoso.

Cooper la guardò dritto negli occhi e disse: "Se tu mi lasci entrare in te, io non ti lascerò andare mai più. Devi capirlo. Anche se ti facessi incazzare e tu mi mandassi affanculo, io non lo farò. Lotterò con ogni molecola del mio corpo per tenerti. Per farmi perdonare. Se non sei pronta per quel genere di impegno, dimmelo e io farò un passo indietro. Entreremo, mangeremo, limoneremo come sempre e io me ne andrò a casa. Non prendo alla leggera il fatto che tu voglia darmi il tuo corpo, Kiera. Se ti concedi a me, ti concedi a me. Mente, corpo, e anima. Sii sicura, tesoro. Sii assolutamente sicura di volermi nella tua vita prima che andiamo oltre."

"Ti amo," disse di getto Kiera – per poi chiudere gli occhi in preda all'imbarazzo.

Non era stata sua intenzione buttarla lì così. Avrebbe voluto dirlo durante un momento romantico. Decidendo che, ora che era in ballo, era meglio ballare, aprì gli occhi e fece per dire altro, ma si immobilizzò alla vista dell'espressione sul volto di Cooper.

L'uomo la stava fissando sbalordito, ma la sua mascella guizzava come quando era arrabbiato per qualcosa. Perso il coraggio, Kiera si limitò a fissarlo.

Trascorsero diversi istanti, che a lei parvero un'eternità; poi, finalmente, Cooper parlò. "Anch'io ti amo, Kiera. Così tanto che a volte mi sembra di non riuscire a trascorrere più di cinque minuti senza parlarti, senza vederti. Al punto che il pensiero che tu mi lasci mi fa letteralmente male al cuore."

Kiera gli portò una mano al petto, in corrispondenza del cuore, e lo massaggiò delicatamente. "Allora perché sembri arrabbiato?"

"Non sono arrabbiato," ribatté immediatamente lui. "Per niente. Sto cercando di non sollevarti di peso, correre al tuo appartamento e sfondare la porta per portarti a letto il prima possibile."

Kiera sorrise, in quel momento, avendo finalmente capito perché tutti i muscoli del corpo dell'uomo sembravano così tesi. "Perché non lo fai?"

Alle sue parole, se possibile, il corpo di Cooper si indurì ancora di più. "Perché la mia donna ha lavorato per tutto il giorno e ha fame. Devo sfamarla."

"Sfamami più tardi, Cooper," gli disse lei, muovendogli le mani sul petto e congiungendole dietro la nuca. Si alzò in punta di piedi e appiccicò il corpo a quello di lui. "Ho aspettato troppo a lungo per averti nuda nel mio letto, per averti dentro di me. Fai l'amore con me, Cooper. Spegni quel fuoco dentro di me che solo tu puoi estinguere. Ti prego, per amor di Dio, ho bisogno di te."

"E ti va bene quello che ho detto prima? Che, una volta affondato nella tua fichetta calda, non ti lascerò più andare?"

"Ci conto. Ti sto dando il mio cuore senza alcuna esitazione. So che te ne prenderai buona cura. Anche se mi farai incazzare in futuro, non andrò da nessuna parte. Proprio come so che, quando farò lo stesso con te, tu non te ne andrai di casa arrabbiato e non mi lascerai."

Senza dire un'altra parola, Cooper spostò un braccio in modo da averlo attorno alla vita di Kiera e, tenendosela stretta al fianco, cominciò a camminare verso l'appartamento.

Kiera sorrise, sapendo che sarebbe stata ben felice di lasciarsi condurre ovunque lui volesse.

Cooper usò la sua chiave per aprire la porta, che chiuse con un piede una volta che furono entrati. Si prese il tempo di tirare il catenaccio, ma per il resto non si fermò. La portò dritto in camera da letto e non si arrestò fino a quando non furono entrambi in piedi accanto al letto.

"Spogliati," disse, senza distogliere lo sguardo da lei.

Invece di infastidirsi per quell'ordine, Kiera fece come diceva lui. Per prima cosa, si tolse la barretta dai capelli, scuotendo la testa mentre le ciocche bionde le ricadevano sulle spalle. Sorrise, adorando il gemito che sfuggì a Cooper.

"Dio. Non ho ancora visto un centimetro della tua pelle nuda e sono già così duro che sto per esplodere solo guardandoti i capelli," mormorò Cooper.

Kiera non si fermò alle sue parole, anche se le fece piegare le ginocchia. Si tolse le scarpe, dopodiché si sbottonò e si abbassò la cerniera dei pantaloni. Se li abbassò fino a quando non furono ammucchiati ai suoi piedi. In qualche modo, togliersi i pantaloni come prima cosa non le parve spaventoso quanto sfilarsi la camicia da sopra la testa.

Cooper non ebbe simili esitazioni. La prima cosa che se ne andò fu la sua camicia: afferrò la stoffa dietro il colletto, la sollevò e se la sfilò con un unico, spasmodico gesto.

Tentennando di fronte all'estensione dura del petto dell'uomo, scoperto in tutta la sua gloria, Kiera si fermò ad ammirarlo.

"Non fermarti," ordinò Cooper con voce roca.

Ripensando a quello che stava facendo e perché, Kiera decise di farla finita velocemente, come quando c'era da togliere un cerotto. Incrociate le mani all'altezza della vita, afferrò il materiale della camicetta e se la sfilò velocemente.

Imbarazzata, rimase di fronte a Cooper solo con l'intimo. L'intimo di cotone non abbinato. Le mutandine erano leopardate e il reggiseno era bianco. Nulla di lussuoso o seducente. Li aveva indossati quella mattina perché erano comodi, non con l'idea che li avrebbe avuti di fronte a Cooper quella sera.

Arrossendo, e cercando di non vergognarsi, Kiera ebbe un sussulto quando sentì le mani di Cooper sui fianchi. L'uomo la attirò contro il proprio corpo quasi nudo e lei rabbrividì dalla gioia quando sentì la sua pelle calda contro la propria.

"Sei bellissima," disse lui in tono reverenziale, usando i pollici per accarezzarle la pelle sensibile.

"Il mio intimo non è nulla di che," disse Kiera, mordendosi il labbro.

"È tuo. E lo amo. Amo te," disse prima di abbassare la testa per baciarla.

Si baciarono a lungo. Sorprendentemente, senza alcuna urgenza. Solo lunghe e lente passate di lingua, che accarezzava ed esplorava pigramente. Kiera sentiva l'erezione di Cooper contro lo stomaco ed essa la faceva sentire sexy e desiderata. Più di qualunque altra cosa che lui avrebbe potuto dire, la prova della sua eccitazione la rassicurava.

Entrambi si staccarono dopo diversi istanti e Kiera sentì le mani di Cooper risalire lungo la sua schiena. L'uomo si fermò con le dita sull'allacciatura del reggiseno e chiese: "Va bene?"

Ogni suo gesto la faceva innamorare ancora di più di lui. "Sì, ti prego," disse.

Cooper le slacciò rapidamente il reggiseno, e lei rimase di fronte a lui con solo le mutandine.

Lo sguardo di Cooper si spostò dal suo volto al suo petto e lei vide il respiro dell'uomo accelerare. Lui trasse un respiro profondo e portò lentamente le mani ai seni di Kiera. Come se lei fosse fatta di vetro, la accarezzò, muovendo delicatamente le dita su ciascuna sfera pulsante. Kiera si contorse quando il suo tocco delicato le fece il solletico.

"Più forte, Cooper," ordinò, mettendo una delle proprie mani su quelle di lui e fremendo. "Non mi rompo mica."

Seguendola, Cooper la accarezzò in maniera più energica. Vedendo che l'uomo aveva capito, Kiera portò le mani ai suoi fianchi e infilò le dita sotto l'elastico dei boxer. Non li abbassò; si godette semplicemente l'intimità del momento.

Cooper le accarezzò i seni, prese entrambi i capezzoli fra le dita e li torse, facendoli indurire ancora di più. Muovendosi lentamente, come se stesse chiedendo il permesso senza usare le parole, abbassò la testa. Kiera inarcò la schiena, dandogli il permesso da lui cercato, e sospirò in preda all'estasi quando le labbra dell'uomo si chiusero attorno al suo capezzolo.

Per diversi istanti, Cooper rese omaggio ai suoi seni, leccando, mordicchiando e persino succhiando. A un certo punto, l'uomo succhiò così forte la curva interna del suo seno destro che Kiera si chiese se avrebbe lasciato il segno.

Quando Cooper sollevò la testa, esaminando il segno che aveva lasciato, passandovi la punta di un dito sopra e sorridendo, Kiera giunse alla conclusione che egli aveva sempre saputo quello che stava facendo e che le aveva fatto succhiotto di proposito.

"Ti diverti?" chiese sarcastica.

"Parecchio," rispose lui.

Decidendo che era ora di proseguire con lo spettacolo, Kiera mosse i palmi della mano lungo la parte esterna delle cosce dell'uomo, abbassandogli l'intimo. Continuò fino a quando non fu inginocchiata ai piedi di lui con la sua erezione che le sventolava in faccia.

Presa in mano l'appendice dall'aria quasi furiosa, Kiera si preoccupò per un breve istante che non ci sarebbe stato. Cooper era grosso... probabilmente non più degli altri uomini della sua stazza, ma lei non aveva mai frequentato un individuo di quel tonnellaggio.

"Ci starà," mormorò Cooper, le mani che svolazzavano attorno a lei come se non sapesse dove metterle. Decise di mettergliele sulle spalle e di massaggiarle la clavicola coi pollici.

Senza dire una parola, Kiera avvolse una mano attorno alla base del membro dell'uomo e si appoggiò alla sua coscia con l'altra. Abbassò la testa e leccò la parte inferiore della punta pulsante. L'uomo ebbe un sussulto visibile nella sua presa, per cui lei ripeté il gesto.

Una goccia di liquido seminale apparve sulla punta violacea e lei la leccò.

Cooper gemette e le sue mani accentuarono la presa sulle spalle di Kiera.

Lei lo leccò di nuovo; poi, senza preavviso, calò la bocca su di lui, prendendolo il più possibile in bocca.

"Oddio," esclamò Cooper. "Cazzo, che bello."

Concentrata sul farlo sentire bene anche solo la metà di come lui faceva sentire lei tutti i giorni, Kiera non era pronta quando lui la prese all'improvviso sotto le ascelle e la sollevò in modo da averla di nuovo di fronte. Kiera sentì l'umidità della sua bocca e dell'eccitazione dell'uomo sul ventre quando lui trasse diversi respiri profondi.

"Perché mi hai fermata?" chiese con una certa timidezza. "Non lo stavo facendo bene?"

"Se non lo stavi facendo bene?" chiese l'uomo, sollevando di scatto le sopracciglia per l'incredulità. "Anzi, lo stavi facendo troppo bene. La prima volta che verrò con te, non voglio farlo nella tua bocca. Voglio essere nel profondo di te e sentire il tuo orgasmo che mi stringe l'uccello mentre esplodo."

"Oh."

"Già, oh." Senza aggiungere altro, Cooper le tolse le mutandine e la incoraggiò a sdraiarsi supina sul materasso. La raggiunse velocemente e si inginocchiò su di lei.

"Adoro i tuoi riccioli biondi," disse, lo sguardo fisso in mezzo alle gambe di Kiera.

"Non vuoi che mi depili? Eppure, sembra che vada di moda."

"Assolutamente no," si affrettò a rispondere lui, passando una mano sui peli ruvidi in mezzo alle sue gambe spargendo l'umidità dal centro fino al clitoride. "Ti amo esattamente come sei."

Kiera allargò le gambe, dandogli accesso al punto in cui lo voleva di più, e non riuscì a impedire al suo inguine di inclinarsi verso di lui quando sentì il membro dell'uomo sfiorarla. La differenza fra il suo pube biondo e quello scuro di lui era quanto di più erotico avesse mai visto.

Senza dire una parola, Cooper mostrò un preservativo e disse: "Vuoi fare gli onori?"

Kiera scosse la testa. "Non ho mai fatto una cosa del genere a un uomo. Non voglio rovinare tutto."

"Non c'è molto da rovinare, tesoro," disse Cooper, con un ampio sorriso sul viso. "Ma ti capisco. Un giorno ti insegnerò. Ma dovresti sapere, ora che sei mia, che in futuro mi piacerebbe che nulla si frapponesse fra di noi. Ti va bene?"

Kiera annuì. "Sì, prendo la pillola. Più per regolare il ciclo che per evitare gravidanze. Finché stiamo attenti e io non rimango incinta, mi piacerebbe moltissimo sentirti dentro senza preservativo."

L'uomo chiuse gli occhi, come se le sue parole fossero sufficienti a mandarlo oltre l'orlo del baratro, quindi li riaprì e disse: “Il solo pensiero di venirti dentro e riempirti col mio seme minaccia quel poco di controllo che mi rimane. Allarga le gambe, tesoro.”

Lei fece come lui aveva chiesto, guardandolo mentre si copriva rapidamente. L’uomo si afferrò la base del membro e avanzò con le ginocchia. Le passò la punta lungo la fessura, quindi disse: “Vorrei leccare e succhiare ogni centimetro della tua splendida fichetta, ma sono già al limite. So che, nell’istante in cui ti assaggerò, perderò completamente il controllo, per cui lo terrò per dopo. Sei pronta per me, Kiera?”

“Sì. Fammi tua, Cooper.”

L’uomo gemette e la penetrò leggermente, la punta del membro che svaniva fra le labbra di Kiera mentre lui diceva: “Cazzo.”

Kiera sentì il corpo stringersi per le dimensioni dell’uomo, cercando di non farlo entrare.

“Rilassati, tesoro,” mormorò lui, usando il pollice per accarezzarle delicatamente il fascio di nervi in mezzo alle cosce.

Il tocco dell’uomo sul clitoride strappò a Kiera un gemito di piacere e lei allargò ulteriormente le gambe, desiderando aumentare la sensazione di piacere. Lui si spinse in avanti mentre continuava a usare la mano per distrarla.

“Cooper,” disse lei, senza sapere se fosse turbata o super eccitata.

"Sono dentro, dolcezza. Respira. Trai un respiro," disse dolcemente.

Lei fece come lui le aveva suggerito e lo sentì nel profondo di sé. Si sentiva piena, estremamente piena, ed era enormemente grata che lui le avesse dato un momento per abituarsi alle sue dimensioni.

Kiera guardò Cooper e vide che egli era accovacciato sopra di lei e non si muoveva.

"Mi dispiace," mormorò Kiera.

"Per cosa?" chiese lui.

Kiera non era sicura. Aveva semplicemente sentito il bisogno di scusarsi.

"So che non ti scusi perché sei stretta. O perché è evidente che non vai da tempo con un uomo. O perché hai bisogno di un momento per abituarti. Perché se è così, mi arrabbio"

Le labbra di Kiera ebbero un guizzo. Se lui la metteva così, suonava davvero un atteggiamento stupido. Si dimenò sotto di lui ed entrambi presero fiato a quel movimento.

"Cazzo, che bello," mormorò Cooper. "Come va?"

"Tutto a posto. Puoi muoverti," gli disse Kiera. Non sapeva esattamente se stesse dicendo la verità, ma non potevano certo restare immobili per tutta la notte.

Cooper si ritrasse di qualche centimetro, quindi si spinse di nuovo dentro di lei.

Era bello.

"È bello," gli disse Kiera.

L'uomo non rispose, ma le sorrise. Lo fece di nuovo. E di nuovo. Tutte le volte, usciva di più prima di penetrare lentamente e con prudenza il suo calore umido. Alla fine, i suoi affondi delicati e prudenti non bastarono più.

"Di più," disse con fermezza Kiera. "Adesso sto bene. Ho bisogno di più."

"E lo avrai. Ti darò sempre quello di cui hai bisogno, tesoro."

Le parole di Cooper erano dolci, ma al momento lei non voleva la dolcezza. Quando l'uomo uscì da lei e la penetrò nuovamente, Kiera sollevò l'inguine, prendendolo a fondo.

"Sei sicura?" chiese Cooper.

"Sì. Scopami. Per favore."

E lui lo fece. Il tempo cessò di esistere. Esisteva solo Cooper. L'uomo usò le mani, il membro e il corpo per assicurarsi che lei fosse soddisfatta. E lei lo fu.

Dopo essere venuta la prima volta, Kiera pensò che fosse finita, che Cooper ora avrebbe fatto quello che doveva per venire a sua volta, ma l'uomo non lo fece. Si limitò a sorriderle, si passò una mano sulla fronte e i capelli e le disse che il fatto che lei fosse esplosa fra le sue braccia, sotto di lui, attorno a lui, era la cosa più incredibile che avesse mai visto e provato. Poi le disse che voleva vederlo e provarlo di nuovo.

Solo dopo che Kiera fu venuta per la terza volta, l'uomo perse finalmente il controllo. Mise entrambe le mani accanto alle spalle di lei sul materasso e prese ciò di cui aveva bisogno.

Lo sguardo di Kiera si spostò sul viso di lui quando furono di nuovo uniti. Guardarlo precipitare fino al punto di non ritorno fu fottutamente sexy. Quando, alla fine, Cooper perse il controllo, affondò il più possibile dentro di lei e rimase perfettamente immobile. Kiera lo sentì pulsare e rimpianse di non poter sentire il suo seme caldo che la riempiva.

L'uomo serrò la mascella e chiuse gli occhi in preda all'estasi mentre veniva. Alla fine, dopo essersi svuotato, aprì gli occhi e le rivolse uno sguardo che le fece prendere fiato bruscamente.

"Tu sei mia," dichiarò. "Non ti lascerò mai andare."

"Ottimo. Io non voglio che tu lo faccia," contrattaccò Kiera.

L'uomo sorrise, quindi calò lentamente su di lei, stando attento a non schiacciarla. Rotolò supino e la trascinò con sé. Entrambi gemettero quando il membro ormai molle di Cooper scivolò fuori dal corpo di Kiera.

"Devi buttare il preservativo?" chiese a bassa voce lei, passando le dita sui peli del petto dell'uomo.

"Fra un attimo. Sto troppo bene per muovermi," disse lui con voce assonnata.

"Anch'io."

"Chiudi gli occhi. Rilassati."

Kiera ci provò, ma quando le brontolò lo stomaco, entrambi ridacchiarono. "Mi sa che ho più fame di quello che pensavo," disse timidamente.

Cooper voltò la testa e la guardò negli occhi. "Non avevo mai riso durante il sesso."

"Tecnicamente, adesso non stiamo facendo sesso," lo informò lei.

Il sorriso dell'uomo si allargò. "Sai cosa intendo."

Kiera annuì. "Già."

"Mi piace."

"Anche a me."

Lo stomaco di Kiera brontolò di nuovo.

Cooper scosse divertito la testa. "Mi sa che dobbiamo alzarci."

"Guarda al lato positivo," disse Kiera. "Possiamo alzarci, mangiare e avere l'energia per tornare qui e farlo ancora."

"Sì, non mi dispiacerebbe prendere il dolce dopo mangiato. Ottima idea."

Kiera si rendeva conto di essere arrossita, ma annuì comunque.

Cooper ebbe pietà di lei e si mise seduto, trascinandola con sé. "Io butto il preservativo. Tu indossa la mia maglietta. E basta. Ci vediamo in cucina e ti aiuto a mettere insieme qualcosa."

"Sei un dittatore," protestò bonariamente Kiera.

L'uomo si chinò, la baciò con trasporto e disse: "Ti avevo detto cosa sarebbe accaduto se mi avessi lasciato entrare in quel tuo bel corpicino."

"Avevi detto che sarei diventata tua, non che ti saresti trasformato in un Neanderthal brontolone che mi vuole scalza e nuda in cucina."

"È lo stesso, piccola, è lo stesso," scherzò lui. "Dimmi che non vuoi indossare la mia maglietta e io mi faccio da parte."

Kiera si morse il labbro. Voleva assolutamente indossare la maglietta di Cooper. Essa avrebbe avuto il suo odore e le sarebbe arrivata almeno fino a metà coscia, per cui sarebbe stata completamente coperta... e poi, c'era qualcosa nell'indossare i vestiti di lui che le faceva effetto. Arricciò il naso e si rifiutò di rispondere.

L'uomo si limitò a ridere. "Dai, tesoro. Ci vediamo in cucina."

"D'accordo."

"Ancora una cosa," disse Cooper.

Kiera si voltò verso di lui e inarcò un sopracciglio con aria interrogativa.

"Grazie. Grazie perché mi ami. Perché ti fidi di me. Perché ti sei aperta a me. Non te ne pentirai."

"Lo so," gli disse Kiera con decisione. Poi lo baciò e si alzò dal letto. Sapendo di dare spettacolo, si chinò, prese la sua maglietta e se la infilò da sopra la testa. Rivolgendogli un sorriso da sopra la spalla, si incamminò verso la porta della camera da letto, ancheggiando leggermente. "Dopo mangiato, possiamo portare qui la panna montata e vedere cosa riusciamo a combinare."

Ridendo al ringhio che uscì dalla bocca dell'uomo, Kiera si affrettò a lasciare la stanza. Non era mai stata così felice in vita sua. Era sessualmente ed emotivamente soddisfatta e aveva un magnifico ex-SEAL in camera da letto, il quale l'avrebbe presto raggiunta in cucina per aiutarla a preparare la cena. Era buffo ciò che riservava la vita.

CAPITOLO NOVE

Il resto della settimana andò in maniera molto simile al venerdì sera. Un sacco di risate, buon cibo e sesso. Molto sesso. Se qualcuno avesse detto a Kiera che un giorno avrebbe trovato un uomo di dieci anni più giovane di lei, che non sarebbe riuscito a staccarle le mani e la bocca di dosso e che avrebbe fatto tanto di quel sesso da rimanere indolenzita... lei avrebbe riso e detto alla persona in questione che era pazza.

Ma quando arrivò la domenica, Kiera era deliziosamente indolenzita. Cooper era... entusiasta... cosa che lei amava e incoraggiava. Di conseguenza, lunedì mattina – l'uomo si era fermato per tutto il fine settimana ed era ancora lì quando suonò la sveglia di Kiera – rendendosi conto che lei avrebbe avuto difficoltà a fare sesso, Cooper era sceso e le aveva dato un orgasmo mattutino che aveva deciso il tono dell'intera settimana.

Kiera era rimasta sazia e soddisfatta dalla consapevolezza che il suo uomo apprezzava genuinamente non solo il suo corpo, ma anche lo stare con lei.

Ora, nonostante fosse trascorsa meno di una settimana, avevano già trovato una routine. Dopo che Kiera si svegliava, lui le preparava la colazione mentre lei faceva la doccia. Usciva assieme a lei la mattina, tornando a casa per prendere gli abiti da allenamento e incontrarsi con Cutter, l'assistente di Patrick, o fare una corsa da solo sulla spiaggia. Arrivava a scuola poco prima di pranzo e insieme trascorrevano una ventina di piacevoli minuti a mangiare insieme prima che lei tornasse in aula e Cooper andasse a fare volontariato in alcune altre classi. L'uomo si presentava sempre nella classe di Kiera prima di uscire e la aspettava al suo appartamento una volta che le aveva finito.

Preparavano la cena insieme, la qual cosa era assurdamente divertente, guardavano la televisione mentre Kiera correggeva i compiti e si assicurava che la lezione per il giorno dopo fosse pronta, quindi andavano a letto. Spesso ci volevano un paio d'ore prima che si addormentassero, perché il tempo prima del sonno era trascorso a godersi reciprocamente l'uno il corpo dell'altra.

Kiera non era mai stata con un uomo come

Cooper. Lui era attento, premuroso, sexy e, soprattutto, si assicurava che lei fosse felice. Felice di ciò che mangiavano per cena, felice di ciò che guardavano in televisione, felice della temperatura e, naturalmente, felice nei momenti di intimità.

Non era qualcosa a cui lei fosse abituata e si rese conto molto in fretta che avrebbe dovuto assicurarsi di non approfittare delle attenzioni di Cooper e del suo desiderio di compiacerla. L'uomo era cocciuto e a volte autoritario, ma lei amava davvero stargli vicino.

Vederlo a scuola era semplicemente un di più. Non erano molte le donne che potevano stare col loro ragazzo nel bel mezzo della giornata lavorativa.

"Com'è andata la giornata?" chiese Cooper mentre dava un morso al sandwich che si era portato per pranzo. Aveva anche portato una ciotola di zuppa di patate avanzata che avevano preparato per cena il giorno prima.

"Bene. Credo che Frankie abbia la ragazza."

Cooper sorrise. "Fammi indovinare... Jenny?"

"Già. È palese che lui ha preso esempio da te, perché oggi, prima della ricreazione mattutina, le ha tenuto la giacca mentre lei la indossava. Ha visto te che lo facevi con me diverse volte, ormai."

"E come ha reagito Jenny?"

"Lo ha ringraziato nel linguaggio dei segni e poi lo ha baciato sulla guancia."

Il sorriso di Cooper si allargò. "Ehi, non c'è nulla di male nell'insegnare le cose giuste ai piccoli."

Kiera levò gli occhi al cielo, ma non riuscì a trattenere un sorriso. "Vero. Ti sei divertito col tuo amico, questa mattina?"

"Diciamo così," le disse Cooper. "Ci siamo visti con Cutter e abbiamo corso sulla spiaggia fino a schiattare. Per un uomo con una gamba sola, Tex è piuttosto veloce."

"Fammi indovinare: tu hai fatto del tuo meglio per tenere il suo passo."

"È svelto, ma non abbastanza," scherzò Cooper.

Kiera ridacchiò. "Probabilmente, questa sera avrete entrambi bisogno di quattro borse del ghiaccio. Voi SEAL in pensione pensate di essere dei superuomini, ma il vostro machismo ha un prezzo."

Cooper si chinò verso di lei e le mise una mano dietro la nuca, attirandola più vicino fino a quando non furono naso a naso. "Notizia lampo, tesoro... noi *siamo* dei superuomini."

Kiera gongolò e arricciò il naso. "Anche modesti."

Ridacchiando, Cooper la baciò sul naso e tornò a sedere composto. "Ammetto di avere qualche fitta, ma spero che questa sera la mia ragazza mi farà un massaggio."

"Non saprei," disse Kiera, inarcando un sopracciglio. "Scommetto che vorrà qualcosa in cambio."

"Oh, e io glielo darò," rispose Cooper senza batter ciglio.

Una risata nasale sfuggì a Kiera prima che lei riuscisse a trattenersi. Si coprì la bocca con una mano, mortificata per aver prodotto quel suono bizzarro.

Cooper si limitò a scuotere la testa. "Pagliaccio."

"E ti piaccio così," ribatté lei. Aspettandosi un'altra risposta arguta, rimase un po' sorpresa quando Cooper non sorrise nemmeno.

"Hai ragione. Io ti adoro, Kiera. Non pensare mai che ti dia per scontata, perché non è vero."

"Lo so. E il sentimento è reciproco," gli disse lei.

Si fissarono a vicenda per un lungo istante prima che Kiera rompesse quel silenzio intenso. "Hai finito?"

"Sì. Ti dispiace se io e Tex facciamo un salto nella tua classe oggi pomeriggio, dopo aver fatto la presentazione agli studenti più grandi?"

Kiera scosse la testa. "Assolutamente no. I bambini saranno felicissimi di vederti." Aveva accennato al preside che un amico di Cooper era in città e aveva suggerito che i due avrebbero potuto tenere una breve presentazione ai bambini più grandi riguardo alla Marina, a ciò che significava essere un SEAL e all'impegno che ciò richiedeva.

L'uomo si alzò e appallottolò il sacchetto di carta. Lo buttò via e tornò da Kiera. Lei adorava il modo in cui lui le torreggiava sopra: la faceva sentire femminile e il modo in cui lui le prese la testa fra le mani non fece che accrescere la sensazione. "Che ne dici se tornassimo poco prima della prossima ricreazione? Non interferiremo con la lezione?"

"Posso fare qualche modifica al programma. Sposterò il cerchio del dialogo a quel momento e la lezione di matematica a dopo."

"D'accordo. Se non è un problema."

"Non è un problema," confermò lei.

Cooper si chinò e la baciò dolcemente. L'aveva baciata in molti modi diversi nel corso dell'ultima settimana. Con trasporto, teneramente, appassionatamente, senza controllo, provocatoriamente... ma lei adorava il modo in cui lui la baciava quando erano in pubblico. Dolcemente e delicatamente, con un po' di lingua e abbastanza passione sommessa da farle capire che *avrebbe voluto* prenderla lì e in quel momento, ma che si stava trattenendo.

Lei gli sorrise. "A dopo."

"Sì, ci vediamo dopo," rispose l'uomo. Le passò una mano sui capelli in una carezza delicata prima di voltarsi e uscire dall'aula in corridoio.

Kiera si lasciò ricadere sulla sedia ed esalò il fiato. Perdiana, Cooper Nelson era mortale... ed era tutto suo.

Due ore dopo, Kiera fece il segno per "applausi"

assieme ai suoi studenti. Cooper e Tex avevano incantato i bambini. Lei aveva fatto da interprete per Tex, che non conosceva il linguaggio dei segni, e aveva riso quando Cooper e i ragazzi avevano preso in giro l'uomo per la sua ignoranza dei segni più semplici. Lei apprezzava che il biondo fosse stato al gioco. L'orgoglio dei suoi studenti per il fatto di conoscere qualcosa che quel militare grande e forte ignorava era palese sui loro volti, nelle loro risate e nei loro petti gonfi.

Kiera disse ai bambini di prendere le giacche e di mettersi in coda per la ricreazione ed ebbe una rapida conversazione con Cooper e Tex. "Siete stati fantastici. Apprezzo che tu abbia scherzato sulle tue scarse capacità di comunicazione, Tex."

"Nessun problema, cara. E non stavo scherzando. Loro ne sanno davvero più di me di ASL." L'uomo si rivolse a Cooper. "Quand'è che tu l'hai imparato così bene, a proposito?"

Cooper rise. "Da quando vengo qui tutti i giorni da due mesi. E poi, ho studiato anche a casa. E ho la app. E Kiera si esercita con me e–"

"Va bene, va bene, ho capito," disse Tex. "Sono colpito."

"Anch'io, se devo essere onesto," disse Cooper.

"Sai, quel Frankie mi ricorda una bambina che conosco. Mi piacerebbe farli conoscere," disse Tex.

"Qualche amico in più farebbe bene a Frankie," disse Kiera. "Lei vive da queste parti?"

Tex scosse la testa. "No. È la figlia di un soldato della Delta Force che conosco; vivono in Texas."

Le sopracciglia di Kiera si curvarono. "Non credo che un'amicizia funzionerebbe a tale distanza."

Tex sorrise, un sorriso leggermente ammiccante. "Tu non conosci Annie come la conosco io," disse in tono enigmatico.

Guardando l'orologio, Kiera disse: "Devo andare. Oggi tocca a me sorvegliare la ricreazione. Devo uscire."

"Vuoi compagnia?" chiese Cooper.

"La tua? Assolutamente. Ma non so se potrò parlare molto. Giro sempre per il campo giochi, assicurandomi che vada tutto bene coi bambini."

"Nessun problema. Non ti starò fra i piedi. Anzi, potrei giocare anch'io coi bambini. Tex, ci stai?"

"Certo. Magari potremmo convincerli a giocare a calcia il barattolo o qualcosa di simile."

"Calcia il barattolo?" chiese incredula Kiera. "Quel gioco non è andato fuori moda negli anni Ottanta?"

Tex parve leggermente imbarazzato. "Ehi, è divertente."

Kiera ridacchiò. "Come no. Ci vediamo fuori."

Cooper, che non perdeva mai occasione di

baciarla, calò in picchiata e le toccò rapidamente le labbra con le proprie. Kiera lo colse sul fatto mentre ammiccava a Frankie. Si limitò a sorridere. Non si sarebbe mai lamentata del fatto che Cooper la baciasse; era semplicemente felice che l'uomo tenesse un contegno adeguato al contesto.

Accompagnò gli studenti fuori dall'aula e lungo il corridoio, fino alla porta che dava sul cortile. Una volta che essa fu aperta, tutti i bambini corsero come se avessero i cani dell'inferno alle calcagna. Kiera sorrise. Ricordava di aver provato la stessa identica sensazione da giovane.

Il cortile era circondato da una recinzione metallica per proteggere i bambini. C'erano dei cancelli qua e là, perché l'idea non era quella di rinchiudere i piccoli, ma semplicemente di tenerli al sicuro in un unico posto mentre giocavano. I bambini sordi non potevano sentire il rumore dei clacson o altri segni di pericolo imminente.

Kiera cominciò il suo giro della zona, sorridendo a un gruppo di bambini che giocava per terra, fermandosi per spingere qualche studente sull'altalena e intimando a un gruppo di bambini più grandi di stare attenti mentre si lanciavano un pallone da basket.

Sorrise a Tex e Cooper. I due avevano radunato un gruppo di ragazzini, tanto grandi quanto piccoli, e l'avevano diviso in due squadre. Non aveva idea di quale fosse il gioco a cui stavano giocando, ma sembrava un misto di “passa la palla”, calcio e acchiapparello. Era un mistero quali regole si fossero inventati gli uomini, ma dato che tutti sembravano divertirsi e sfogare l’energia repressa, la cosa non aveva davvero importanza.

Qualcosa si mosse ai margini del campo visivo di Kiera e lei spostò lo sguardo dal suo ragazzo super atletico a ciò che aveva attirato la sua attenzione. Fissò per un lungo istante, senza capire ciò che stava vedendo.

Si mise in movimento prima ancora che il suo cervello si mettesse in pari con gli occhi. Frankie si trovava all’estremità del campo giochi e una donna che lei non aveva mai visto era all’interno dell’area. La donna era di altezza media e snella. Aveva i capelli scuri e fibrosi, che le penzolavano flosci attorno al viso. Aveva la mascella contratta e sembrava incazzata. I suoi jeans erano aderenti, ma la maglietta nera che indossava le calzava come un sacco. Teneva una mano attorno al bicipite di Frankie e lo stava trascinando verso il cancello aperto. Una vecchia auto blu era in moto nel parcheggio ed era proprio quella la direzione in cui la donna stava portando Frankie.

Un rapimento nel cortile della scuola era l’incubo di ogni insegnante... anzi, era l’incubo di chiunque, ovunque si verificasse. E se lei poteva scongiurarlo, o perlomeno segnare il numero di targa, lo avrebbe fatto.

Kiera corse verso Frankie e la donna misteriosa. Li raggiunse proprio nel momento in cui la donna arrivò al cancello.

"Ehi, cosa sta facendo?" gridò Kiera, sapendo che era una domanda stupida, perché ciò che la donna stava facendo era palese.

La donna non rispose, ma spinse Frankie attraverso l'apertura e si diresse verso l'auto. Kiera la seguì e le si mise di fronte. Rimase immobile e chiese di nuovo: "Cosa sta facendo?"

"Sono venuta a portare mio figlio dal dentista."

Kiera rimase di stucco. "Come?" disse senza pensarci.

"Frankie è mio figlio. E adesso viene con me," disse la donna, questa volta in tono un po' più belligerante.

"Lei è tua madre?" chiese Kiera a Frankie nel linguaggio dei segni.

Invece di rispondere, il ragazzino si limitò ad annuire.

D'accordo. Tutto ciò che il padre di Frankie aveva raccontato della propria ex le attraversò di corsa la mente. La donna era tossicodipendente. Il tribunale le aveva negato l'affidamento di Frankie. Aveva cercato di raggiungere il bambino, ma il padre glielo aveva impedito. Tutto ciò non prometteva bene.

Kiera lanciò una rapida occhiata al campo giochi, verso l'ultimo punto in cui aveva visto Cooper. L'uomo era ancora lì, ignaro di ciò che stava accadendo dalla parte opposta della zona. Kiera vide un paio di bambini dall'altro lato della recinzione, che la fissavano confusi. Evidentemente, sapevano che era contro le regole lasciare la scuola attraverso la recinzione. Il personale glielo aveva inculcato innumerevoli volte. Tutti i visitatori dovevano entrare nella scuola dall'ingresso principale e registrarsi. E dovevano uscire dalla stessa strada.

La donna fece passare Frankie attorno a Kiera e riprese a muoversi verso la macchina.

Prendendo una decisione immediata, Kiera gesticolò rapidamente ai bambini che osservavano la scena. Avrebbe voluto urlare per attirare l'attenzione di Cooper e Tex, ma non voleva fare nulla che potesse mettere Frankie in un pericolo ancora maggiore di quello in cui, istintivamente, lei sapeva già fosse. Senza attendere la reazione dei ragazzi, corse per raggiungere la donna, sorprendentemente veloce, e Frankie.

Nessuno poteva portare via un bambino dalla scuola, a meno di non essere nell'elenco di coloro a cui era permesso. Le regole prevedevano che la persona si recasse nell'ufficio principale e registrasse il prelevamento del bambino... dopo che la segretaria aveva verificato i permessi. E di sicuro non era accettabile che la madre di Frankie fosse venuta a prenderlo. Nemmeno lontanamente.

Kiera afferrò Frankie per una spalla e cercò di strappargli di dosso la mano di sua madre, ma l'altra donna mantenne la presa, stringendo ancora più forte il braccio del figlio, e sferrò un pugno a Kiera con la mano libera.

Kiera lasciò andare Frankie per proteggersi e avvertì lo spostamento d'aria quando il pugno della madre la mancò a malapena. Quando tornò a dirigersi verso i due, la donna aveva già aperto la portiera posteriore e ficcato il figlio in macchina.

Senza sapere cos'altro avrebbe dovuto fare, Kiera girò attorno al veicolo e trasse un sospiro di sollievo quando scoprì che la portiera sul lato opposto non era bloccata. Si infilò nell'auto e chiuse la portiera sbattendo.

Cosa sto facendo? È assurdo. Dovrei lasciar fare alla polizia. Ma non posso permetterle di portare via Frankie. Assolutamente no.

Fu sollevata quando l'uomo al volante non partì immediatamente. Se avesse chiamato Cooper o il suo amico, egli lo avrebbe quasi certamente fatto. Forse i soccorsi avrebbero tardato ad arrivare, ma ogni istante in cui lei riusciva a trattenere i due adulti era un istante in più che Cooper aveva per raggiungere lei e Frankie.

"Fuori," ruggì la donna a Kiera.

Kiera si appoggiò allo schienale e incrociò le braccia. "No."

"Ma che cazzo succede?" esclamò l'uomo al posto di guida. "Non avevi detto che sarebbe venuta anche un'altra donna, Twila."

"Infatti lei non viene. Fuori," ordinò nuovamente Twila.

"No," ripeté Kiera. "Ha bisogno che io traduca per Frankie." Era stupido, ma era anche la prima cosa che le era venuta in mente.

"È mio figlio. Non ho bisogno di te per dirgli quello che devo."

"Conosce il linguaggio dei segni?" chiese Kiera, anche se conosceva già la risposta grazie a ciò che le aveva detto il padre di Frankie.

"No. Ma mio figlio non parlerà con le mani come una femminuccia. Deve imparare a leggere le labbra e a dire quello che vuole."

"Dobbiamo levarci dai coglioni," ringhiò l'uomo.

"E allora parti, cazzo," gli disse Twila con gli occhi stretti.

"Porca troia, io non rapisco le donne."

"Ma rapirebbe un bambino?" chiese Kiera. Sapeva

che avrebbe dovuto tenere la bocca chiusa, ma le implicazioni delle parole dell'uomo erano talmente orribili che la domanda le era uscita spontaneamente di bocca.

"Non è un rapimento, dato che è il suo cazzo di figlio."

Kiera era lieta che Frankie non potesse sentire. L'uomo amava palesemente dire volgarità e non era il caso che Frankie prendesse il vizio. Usando la mano destra, Kiera afferrò quella del bambino, dandogli sostegno morale mentre continuava a guadagnare tempo.

"Ehm, il tribunale non sarebbe d'accordo," gli disse Kiera. "E Frankie non è *suo* figlio, per cui questo è decisamente un rapimento, considerato che è lei a guidare."

"Vai piano. La butteremo fuori quando arriveremo alla strada principale," disse Twila.

Kiera accentuò la presa sulla mano di Frankie. Non intendeva uscire da quella macchina senza di lui. Assolutamente no. Con la mano sinistra, disse nel linguaggio dei segni la parola "scappa", sperando che Frankie la vedesse, mentre lei continuava a parlare con la madre di Frankie e col bruto al volante.

"Senta, qualunque cosa lei stia cercando di fare con Frankie, non funzionerà. Lui–"

"Quello che sto cercando di fare è assicurarmi che

impari a parlare, invece di grugnire e usare le mani per cercare di esprimersi. Poi imparerà a leggere le labbra. È molto più virile che usare le mani."

"Leggere le labbra è molto difficile," disse Kiera a Twila. "Possono volerci degli anni a imparare. Frankie deve prima imparare a leggere e, dato che non ci sente, deve associare le parole sulla pagina a qualcosa. Non è facile come sembra." Aveva già avuto una discussione del genere con diversi genitori nel corso degli anni, ma al momento, non le importava davvero se Twila le credeva o meno; doveva solo guadagnare tempo.

Notò che si stavano muovendo molto lentamente verso l'uscita della scuola. Avrebbe preferito che rimanessero fermi mentre parlavano, ma anche muoversi lentamente andava bene. *Forza, Cooper. Ho bisogno di te.*

"Ripensandoci, perché non ce la teniamo?" chiese l'uomo viscido. "Dobbiamo dei soldi a Bud. Magari, lui se la prenderebbe. Una figa di classe che non si è scopata tutto il vicinato potrebbe piacergli."

Kiera inalò. "Sta seriamente parlando di scambiare me, un essere umano, in cambio di droga?"

"No," rispose subito Twila. Kiera si rilassò leggermente. Ma le parole successive dell'altra donna le strapparono un sussulto sconvolto. "Sta parlando di darti al capo di una banda in modo che lui ti mandi a battere in cambio di droghe." Twila voltò lo sguardo verso l'uomo. "Credo che provocherebbe più guai che altro."

"Che mi dici?" le chiese l'uomo, incrociando il suo sguardo nello specchietto retrovisore. "Vuoi combinare dei guai?"

CAPITOLO DIECI

COOPER RISE quando Tex evitò per un soffio di essere colpito dalla piccola palla di plastica. Non aveva idea di cosa stessero facendo, ma i bambini si stavano divertendo a correre dietro alle palle mentre lui e Tex cercavano di evitarli. Non c'erano regole ufficiali, ma sembrava che una di quelle non ufficiali fosse evitare di farsi colpire dalla palla. Inoltre, loro due cercavano di impedire ai bambini di correre da un'estremità all'altra del campo da gioco. Sembrava un misto di calcio e palla avvelenata.

Tutta la sua attenzione era concentrata sulle quattro palle che venivano calciate e lanciate nella piccola zona e non su ciò che gli stava accadendo accanto, ma quando udì un grugnito urgente, sollevò di scatto la testa e passò lo sguardo sulla zona.

C'erano quattro bambini che correvano all'impazzata verso il gruppetto che giocava con le palle. Emettevano tutti quanti suoni urgenti. Non stavano gridando o parlando, ma i rumori che uscivano loro dalla bocca erano decisamente colmi di panico.

"Che diavolo succede?" chiese Tex.

Cooper lo notò a malapena; la sua attenzione era concentrata sulle mani dei bambini.

"Sono usciti dal cancello."

"L'insegnante ha detto di chiamare aiuto."

"L'insegnante ha detto rapimento."

"Sono saliti su una macchina."

"Aiuto, aiuto, aiuto!"

I segni venivano ripetuti alla rinfusa e Cooper quasi non capì, da tanto erano disperati. Ma non appena si rese conto di cosa stava accadendo, cercò con lo sguardo Kiera nel campo giochi. L'ultima volta in cui l'aveva vista, la donna era diretta verso l'estremità della zona vicino alla recinzione.

"Di che colore è la macchina?" chiese Cooper nel linguaggio dei segni non appena i bambini lo raggiunsero.

"Che succede?" chiese Tex.

Senza distogliere lo sguardo dei bambini che gli stavano dando informazioni, Cooper spiegò: "Dicono che un'insegnante e un bambino sono stati rapiti. Sono saliti su un'auto blu fuori dal cancello."

"Merda," imprecò Tex.

Entrambi gli uomini si misero in movimento prima che chiunque dicesse altro. Cooper corse all'indietro e disse rapidamente nel linguaggio dei segni: "Fate rientrare tutti i bambini. Trovate un insegnante e chiamate la polizia."

Non appena ebbe conferma del fatto che i bambini avevano capito, si voltò e corse verso il punto che i bambini avevano indicato come quello in cui avevano visto la macchina per l'ultima volta.

Cooper non poteva battere in velocità un veicolo, ma doveva provare a recuperare abbastanza terreno da leggere la targa. Sapeva che era Kiera quella nella macchina. In primo luogo, lei era l'unica insegnante nel campo giochi e, in secondo luogo, se qualcuno aveva cercato di rapire uno dei bambini, Cooper sapeva per certo che lei non era rimasta in disparte.

"Vai," disse Tex, che stava rimanendo indietro. "Non riesco ad andare veloce come te con questa gamba. Ti seguirò."

Cooper non si prese la briga di rispondere. Si limitò ad allungare il passo. Scavalcò la recinzione di un metro e venti come se fosse un corridore professionista – e non credette ai suoi occhi quando vide una vecchia Mustang blu marino che procedeva sì e no a tre chilometri all'ora verso l'uscita.

Cosa diavolo stava facendo il conducente? Se quella persona aveva appena rapito un bambino e

Kiera, avrebbe dovuto guidare come un pazzo mentre fuggiva.

Tutto, dentro di lui, si concentrò sulla macchina. Era ancora lì. Non era troppo tardi. Se fossero usciti dal parcheggio, sarebbe stato quasi impossibile ritrovarli... se non altro velocemente. E Cooper non aveva la minima intenzione di dare a un rapitore il tempo per fare del male a Kiera. I suoi muscoli reagirono senza alcun input da parte del cervello quando il suo addestramento da SEAL si riattivò.

Avendo preso nota della direzione in cui era diretta la macchina, attraversò il parcheggio in diagonale, senza mai distogliere lo sguardo dal veicolo. Vide che c'erano due persone davanti e due dietro e che una di queste ultime era un bambino. Capiva che quella nella macchina che era Kiera, anche solo dalla nuca. L'avrebbe riconosciuta ovunque.

L'adrenalina gli esplose nel corpo. Col cazzo che qualcuno gli avrebbe portato via la cosa migliore che gli fosse mai capitata.

Avendo esaurito le opzioni, si infilò una mano in tasca. Bingo. Avere a disposizione il portachiavi e l'attrezzo che teneva attaccato a esso avrebbe reso facile avere accesso al veicolo del rapitore, ma tutto il resto era affidato alla fortuna. Sapeva che Tex gli avrebbe dato manforte non appena lo avesse raggiunto. Non aveva idea di come avrebbe reagito Kiera, ma doveva pensare che avrebbe fatto tutto il possibile per proteggere il bambino. Lui avrebbe pensato ai due stronzi davanti.

Il tempo rallentò mentre lui si avvicinava lateralmente alla macchina in fuga. Quando la distanza si ridusse, Cooper vide che era Frankie quello sul sedile dietro con Kiera. Digrignò i denti.

No. No e basta. Nessuno avrebbe fatto del male a quel ragazzino. Non finché ci sarebbe stato lui.

Strinse la presa sulle chiavi e calcolò i tempi. Doveva colpire al momento perfetto. Troppo presto e avrebbe perso l'elemento della sorpresa, e molto probabilmente il guidatore avrebbe accelerato. Troppo tardi e la macchina avrebbe imboccato la strada principale e sarebbe svanita. No, il suo tempismo doveva essere perfetto.

Kiera non riusciva a credere che la madre di Frankie e quel criminale stessero discutendo di venderla a un uomo in modo che egli la costringesse a prostituirsi. Era incredibile. Era ridicolo. Era spaventoso. "Se voglio combinare guai?" chiese, ripetendo la domanda dell'uomo. "Puoi scommetterci. Senti, Twila, non hai ancora fatto nulla. Non sei nemmeno uscita dalla scuola. Ferma la macchina e lascia scendere me e Frankie. Non diremo nulla."

"E pensi che io ci creda?" chiese la donna.

"Dovresti. Io non voglio essere venduta perché la gente faccia sesso con me e credo che tuo figlio sarebbe davvero contento di avere un rapporto con te che non gli provocasse traumi. Ma non succederà, a meno che tu non ci lasci uscire subito."

"Lasciamola qui," disse l'uomo. "Parla troppo."

"Sono d'accordo," disse Twila, per poi voltarsi e indicare Kiera. "Fuori."

"No," disse Kiera. "Non me ne vado senza Frankie."

Twila prese qualcosa dal proprio grembo e, un attimo dopo, Kiera si ritrovò una pistola puntata in faccia. "Ho detto fuori."

Kiera non aveva mai nemmeno impugnato una pistola in vita sua, figurarsi vedersela puntata contro. "N-no," balbettò. "Non vorrai mica spararmi di fronte a tuo figlio."

"Perché no?" chiese Twila, come se non avesse un pensiero al mondo. "Potrebbe diventare più uomo, così."

Kiera sbuffò. "Credi che vedere qualcuno che spara alla sua amata insegnante lo renderà più virile? Probabilmente, lo farà diventare un pazzo psicopatico che ti ucciderà a vent'anni per aver reso la sua vita un inferno."

"Sei un po' drammatica," osservò Twila.

"E tu sei un po' pazza."

Le due donne si fulminarono a vicenda con lo sguardo. Kiera udì Frank emettere suoni colmi di disagio dalla gola, ma si rifiutò di distogliere lo sguardo dalla pistola. Se davvero le restavano pochi secondi da vivere, non intendeva comportarsi in maniera vigliacca.

Il resto parve accadere al rallentatore.

Il rumore del vetro che si infrangeva risuonò forte nello spazio ristretto della macchina e Kiera ebbe un sussulto, pensando per un istante che Twila avesse effettivamente premuto il grilletto.

Il guidatore imprecò e prestò il piede sul freno. Dato che nessuno indossava la cintura, volarono tutti in avanti.

Kiera vide un braccio infilarsi nel finestrino dal lato del guidatore e attirare l'uomo alla guida fuori dal piccolo spazio. Ma prima che lei potesse muoversi, Twila si era ripresa dalla sorpresa e aveva allungato il braccio verso Frankie sul sedile posteriore.

Kiera reagì senza riflettere. Si buttò di fronte al ragazzino e afferrò la maniglia della portiera di lui. Quando quest'ultima si aprì, lei spinse fuori Frankie con tutta la propria forza. Il ragazzino prese il volo e lei vide i suoi piccoli piedi scalciare nell'aria quando atterrò sulla schiena e sul sedere per terra, fuori dal veicolo.

Sperò che avrebbe fatto come lei gli aveva detto prima e sarebbe scappato, ma non ebbe il tempo di preoccuparsi di lui. Twila era incazzata. E si comportava come una pazza scatenata. Colpiva e artigliava tutto ciò che riusciva a raggiungere. Kiera voltò la testa per proteggere gli occhi e cercò di fare del proprio meglio per impedire che Twila le facesse del male.

Senza poter vedere cosa stava succedendo al conducente, sentendo soltanto grugniti e rumore di pugni su pelle nuda, Kiera si mise in ginocchio e cominciò a contrattaccare. Era difficile, col sedile che si frapponeva fra loro due, ma il pensiero che Twila potesse sopraffarla e mettere di nuovo le mani su Frankie bastò ad alimentare la sua adrenalina.

Dopo aver ricevuto un pugno particolarmente duro su una tempia, Kiera decise di rispondere a tono. Chiuse la mano a pugno e sferrò un colpo contro Twila. Quando la sua mano entrò in contatto col volto della donna, le fece male, ma lei continuò a colpire imperterrita. A ogni pugno, Twila grugniva, ma ricambiava.

Kiera sentiva dolore. Le faceva male la mano dove aveva colpito l'altra donna. Il viso e la testa le dolevano nei punti in cui Twila aveva messo a segno dei colpi e cominciava a stancarsi. Adorava il fatto che Cooper si tenesse in esercizio, ma per quanto riguardava lei, quello non era esattamente il suo passatempo preferito.

Nell'istante in cui prese la decisione di tirarsi indietro, scendere dalla macchina e levarsi di torno, cosa che avrebbe dovuto fare subito dopo aver spinto fuori Frankie, la portiera accanto a Twila si spalancò e un braccio massiccio si infilò nella macchina.

Twila fu trascinata fuori, lontano da Kiera, che guardò con sollievo mentre Tex immobilizzava con facilità la donna. L'uomo le aveva passato un braccio attorno al petto e l'altro attorno al collo. Sebbene la donna si contorcesse, gridasse e lottasse contro di lui, non sarebbe andata da nessuna parte.

"Tutto bene?" chiese Tex.

Ricordandosi per la prima volta di Frankie, Kiera non gli rispose, ma si trascinò verso la portiera aperta e si alzò rapidamente. "Frankie!" gridò disperata.

"Sta bene," le disse Tex. "Ha corso come il vento verso la scuola. È un ragazzino sveglio."

Kiera trasse un sospiro di sollievo.

"Kiera," disse una voce accanto a lei.

Voltandosi di scatto e sussultando per il dolore che le provocò il gesto, Kiera vide Cooper in piedi accanto a lei. Non aveva mai visto nulla di più bello.

Gli buttò le braccia al collo e trasse un sospiro di sollievo quando sentì quelle dell'uomo chiudersi accanto a lei. Gli appoggiò la guancia contro il petto e si aggrappò al dorso della sua maglietta.

"Shhhhh, ci sono qui io," mormorò Cooper. "Sei al sicuro."

Kiera tremava così forte che sapeva che non sarebbe riuscita a stare in piedi se Cooper non le avesse dato sostegno.

"Sento delle sirene," annunciò Tex.

Kiera non sollevò nemmeno la testa. Le sirene, sperava, significavano che stava arrivando la polizia. "Dov'è il conducente?" mormorò.

"È svenuto," rispose Tex.

Kiera sollevò la testa, che le sembrava pesare quattrocento chili, e guardò Cooper. C'era un rivoletto di sangue che gli scorreva dall'orecchio sinistro. Lei gli portò una mano al viso e premette con delicatezza. Lui la lasciò fare e Kiera vide che non aveva più l'apparecchio acustico. Tratto un respiro profondo, sollevò l'altra mano fra di loro e disse nel linguaggio dei segni: "Tutto bene? Sanguini."

"Anche tu," disse ad alta voce Cooper. Tracciò una linea lungo la guancia di Kiera e lei sussultò.

"Devi andare da un medico per l'orecchio. Sanguina," insistette Kiera... per quanto si potesse insistere usando il linguaggio dei segni.

"Ha avuto fortuna. Mentre lo tiravo fuori dall'auto, mi ha dato un pugno sulla testa. L'apparecchio acustico ha assorbito la maggior parte del danno. Sto bene, tesoro."

"Sei sicuro?"

"Sono sicuro."

"D'accordo." Kiera lo prese in parola. Avrebbe voluto sapere come aveva fatto l'uomo a salire così facilmente sulla macchina, ma avrebbe dovuto aspettare. Era estremamente grata per il fatto che lui fosse arrivato quando era arrivato. Aveva sperato di riuscire a guadagnare abbastanza tempo da far sì che gli studenti a cui si era rivolta andassero a cercare aiuto, ma non aveva avuto nessuna sicurezza. Erano stati molto vicini alla strada principale. Molto vicini al successo del piano di Twila. Molto vicini al disastro.

Ma il suo SEAL l'aveva protetta. Era arrivato in tempo. Tutto il resto poteva aspettare.

CAPITOLO UNDICI

"Frankie, è il tuo turno di parlare," disse con gentilezza Kiera. "Vuoi dire qualcosa?"

Era trascorsa una settimana da quando la madre di Frankie aveva cercato di rapirlo e il bambino era appena tornato a scuola. Kiera stessa si era presa qualche giorno di ferie, ma sebbene avesse ancora dei lividi e profondi graffi sul viso provocati dalle unghie di Twila, si rifiutava di restare ancora a casa.

Voleva stare coi suoi bambini. Non solo quelli della sua classe, ma tutti quanti. Anche quelli che erano corsi a cercare aiuto, quelli che l'avevano abbracciata forte in corridoio, e persino i bambini che non conosceva, ma che avevano fatto lo sforzo di fermarla e dirle che erano felici che stesse bene.

Non aveva deciso di fare l'eroe, ma quando aveva

visto Frankie trascinato via, aveva preso in un istante la decisione di fare tutto il possibile per impedire il rapimento. Non solo era suo obbligo farlo, in quanto insegnante della scuola, ma si trattava di Frankie. Lei voleva bene a tutti i bambini della sua classe, ma lui era speciale.

Il ragazzino era tornato a comportarsi in maniera simile a quando aveva iniziato a frequentare la scuola speciale. Ma Kiera era sicura che si sarebbe ripreso rapidamente.

Senza sollevare lo sguardo, Frankie disse nel linguaggio dei segni: "Ho avuto paura quando la mia mamma è venuta a portarmi via. Ma all'improvviso, la signorina Kiera è apparsa accanto a me. Non ha lasciato che mi rapisse." Poi, il ragazzino sollevò lo sguardo. "Ti voglio bene."

Gli occhi di Kiera si colmarono di lacrime e lei sorrise al ragazzino. "Vieni qui," disse nel linguaggio dei segni. Il bambino si alzò e la raggiunse. Kiera se lo mise in grembo, gli passò un braccio attorno e si rivolse nel linguaggio dei segni a lui e al resto della classe.

"Io voglio bene a tutti voi. Siete speciali per me. Farò sempre tutto il possibile per tenervi al sicuro."

Frankie si voltò fra le sue braccia e passò un ditino sul più brutto dei graffi che lei aveva sul viso. Si era formata una crosta e c'era un grosso livido, ma lei non sentì nemmeno il tocco gentile del bambino. "Ti sei fatta male."

"Anche tu," disse Kiera, toccandogli delicatamente l'avambraccio, dove sapeva che lui aveva dei lividi provocati dalla presa serrata della madre.

All'improvviso, Frankie sorrise. Un sorriso così ampio che per un attimo la accecò. "Abbiamo usato la nostra lingua segreta."

Kiera ricambiò il sorriso. "Sì."

"Mi piace."

"Ti piace il linguaggio dei segni?"

Il bambino annuì. "Posso parlare con gli altri senza che nessuno sappia cosa sto dicendo. Come hai fatto tu quando mi hai detto di scappare. Come fanno Cooper e i suoi amici."

Kiera avrebbe voluto ridere e gioire della resilienza dei bambini, ma prima di farlo doveva trasmettere una lezione importante. "Non è bene parlare degli altri quando questi non capiscono. A te non piace quando la gente parla di fronte a te e tu non senti quello che dice, giusto?"

Frankie scosse la testa.

"È la stessa cosa, tesoro. Non fare il bullo e prendere in giro le persone o parlare di proposito di loro quando sai che non capiscono."

"Ma si può farlo quando c'è bisogno, come quando la mia mamma voleva portarmi via, vero?"

"Sì, in caso di emergenza va bene."

"D'accordo," disse il bambino nel linguaggio dei segni, prima di togliersi dal grembo di Kiera.

"Qualcun altro vuole condividere qualcosa prima della ricreazione?"

Come se le avesse detto la parola magica, tutti i bambini si alzarono di scatto dal pavimento e corsero verso i loro armadietti.

Kiera rise; sapeva che quella sarebbe stata la loro reazione. Incredibilmente, sebbene Frankie fosse stato portato via dal campo giochi, gli altri bambini non sembravano avere la minima avversione o riluttanza a uscire. Con gli adulti, invece, era un'altra faccenda.

Il preside si era assicurato che, il giorno dopo, tutti i cancelli fossero chiusi a chiave, e stava progettando di implementare ulteriori misure di sicurezza. Era stato un brusco risveglio per una scuola che non era mai stata oggetto di atti di violenza, ma il pericolo era sempre presente e doveva essere prevenuto il più possibile. L'uomo si era scusato con Kiera per il fatto di essere più reattivo che proattivo, ma lei gli aveva detto che non aveva nulla di cui dispiacersi. Nessuno avrebbe potuto prevedere il gesto della madre di Frankie.

Kiera sentì un braccio passarle attorno alla vita mentre se ne stava alla finestra a guardare i bambini che correvano. Frankie e gli altri potevano non avere problemi a stare nel campo giochi, ma per lei era più difficile.

"Buon pomeriggio, tesoro," le disse Cooper nell'orecchio.

Kiera si rilassò contro di lui. "Ehi, com'è andato l'incontro con Patrick?" Si voltò fra le braccia dell'uomo e gli appoggiò le mani sul petto.

"Molto bene. Ha ascoltato l'intera presentazione – tutti e venti i minuti – senza dire una parola. Io ho sudato come un porco; pensavo che mi stesse semplicemente facendo un favore e che avesse intenzione di dirmi che non era qualificato o che non era una buona idea."

"E?" chiese Kiera quando l'uomo si interruppe. "Cosa ha detto?"

"Ha detto che il lavoro era mio non appena ha aperto bocca. Quel bastardo mi ha fatto fare tutta la presentazione per niente."

Kiera rivolse un gran sorriso a Cooper. "Sono orgogliosa di te."

"Grazie. Ma non essere ancora orgogliosa. Non ho nemmeno cominciato."

Kiera scosse la testa. "Hai fatto davvero molta

strada, Cooper. Mi hai detto tu stesso che, quando ti sei congedato, non avevi idea di cosa fare. Ora stai imparando il linguaggio dei segni – piuttosto velocemente, a dire il vero – e hai trovato lavoro come consulente di quel linguaggio presso i SEAL. È fantastico."

Cooper fece spallucce. "Più ci pensavo su e più mi rendevo conto che era molto importante per i SEAL essere sulla stessa lunghezza d'onda per quanto riguarda i nostri segnali. Ho visto Wolf e la sua squadra comunicare gli uni con gli altri e non ci ho capito niente. Lo stesso vale per Tex. Quando giocavamo coi bambini, quel giorno, io cercavo di segnalargli di andare da una parte e lui non aveva idea di cosa stessi cercando di dirgli. So che molte delle squadre rimangono unite per molto tempo, ma non è sempre così. Sarebbe molto più facile se tutti usassero gli stessi segni. Soprattutto in caso ci fosse bisogno di rinforzi sul campo."

"Ti amo," gli disse lei.

"Ti amo anch'io," ribatté lui. "E ho un regalo per te." Le tolse una mano dalla vita e se la mise in tasca. "Apri la mano."

Keira lo fece. Lui le mise in mano un arnese di plastica e lei lo guardò confuso. "Ehm... grazie... che cos'è?"

Cooper ridacchiò. "È un rompivetro."

Kiera annuì. Finalmente aveva capito. "Come quello che hai usato tu?"

"Sì. Si adatta benissimo al portachiavi. Non sai mai quando può tornare utile un piccolo congegno per rompere facilmente un finestrino."

"Grazie a Dio avevi il tuo in tasca quando ci hai seguiti," rifletté ad alta voce Kiera, continuando a guardare lo strumento salvavita che aveva in mano. "Quel tizio non avrebbe certo aperto la portiera per farti entrare." Come se Cooper non lo sapesse.

Cooper non disse nulla; invece, riportò la mano in fondo alla sua schiena e la premette contro di sé. "Vieni a vivere con me."

Kiera sollevò di scatto lo sguardo. "Come?"

"Vieni a vivere con me," ripeté l'uomo. "Ormai, è da una settimana che praticamente conviviamo, e ci frequentiamo ormai da due mesi."

"Me lo stai chiedendo per via di quello che è successo?" chiese gentilmente lei. "È stata solo una combinazione."

"Sì e no," disse l'uomo. "Quando mi sono reso conto che c'eri tu su quella macchina, giuro che la vita mi è passata di fronte agli occhi come non era mai successo prima. Mi è capitato di trovarmi in brutte situazioni, in passato, ma nulla mi aveva preparato ad affrontare la realtà della vita senza di te. Non sono un idiota; so che chiunque di noi potrebbe avere un incidente d'auto e morire domani. Potremmo ammalarci, un terrorista potrebbe far saltare l'aereo in cui ci troviamo o potremmo morire in cento altri modi. Ma io voglio trascorrere quanto più tempo possibile con te. Voglio sentirti ridere prima di addormentarmi tutte le sere e voglio che i tuoi begli occhi azzurri siano la prima cosa che vedo quando mi sveglio al mattino. Credo che tu abbia più che dimostrato di essere in grado di cavartela da sola, la settimana scorsa. È solo che non riesco a immaginare di non trascorrere il resto della mia vita con te e voglio che il resto della mia vita cominci il prima possibile."

"Sì," disse Kiera non appena lui ebbe finito di parlare.

"Sì?"

"Sì," ripeté lei. "Verrò a vivere con te. Ti amo. Ho adorato stare con te tutte le sere e le mattine nell'ultima settimana. Lo desidero molto."

Si sorrisero a vicenda per un lungo istante prima che Cooper dicesse: "Sai che ti chiederò di sposarmi."

"Ottimo. E io dirò di sì."

"Tex ha detto che vuole che andiamo in Virginia a trovare lui e Melody. E ha promesso che sarà una vacanza più tranquilla di quella che ha fatto lui qui da noi."

Kiera scoppiò a ridere. Tex le stava simpatico. Non solo aveva contribuito a salvarla, ma era un tipo divertente e che non si dava arie. E stando a quanto raccontava della moglie, Kiera aveva la sensazione che le sarebbe piaciuta anche lei. "Sono sicura che riuscirò a farmi dare qualche giorno di riposo. Il preside non può certo dirmi di no," disse con un gran sorriso.

"Ti amo, Kiera Hamilton. La settimana scorsa, mi hai fatto perdere dieci anni di vita."

"Credo di averli persi anch'io," ammise lei. "Grazie per essere venuto a salvarmi. Nel caso non te lo avessi già detto."

"Solo ottanta volte," scherzò Cooper.

Sentirono i bambini entrare in corridoio, di ritorno dalla ricreazione.

"Sembra che la pausa sia finita," disse Kiera, cosa del tutto superflua. "Ci vediamo a casa?"

"Casa. Mi piace," disse Cooper. "Sì, ci vediamo a casa."

La baciò rapidamente prima che i bambini entrassero nella stanza, quindi si staccò. Salutò ciascun bambino mentre entravano, poi si diresse verso la porta. Kiera lo guardò mentre si voltava sulla soglia. L'uomo le disse "Ti amo" nel linguaggio dei segni, quindi si rivolse a Frankie e gli fece un piccolo cenno col mento.

Il ragazzino ricambiò il gesto, sorridendo da un orecchio all'altro.

Kiera sorrise, sapendo che Frankie se la sarebbe cavata. E lo avrebbe fatto anche lei. I lividi sarebbero sbiaditi, come avrebbero fatto i ricordi della settimana passata, ma il suo amore per il gentile, tosto ex-SEAL, che per qualche miracolo la amava, sarebbe durato per tutta la vita.

Libro 12, *Proteggere i figli di Alabama,* Ora disponibili !

NOTE

CAPITOLO UNO

1. Letteralmente "L'armadio di mia sorella" (ndt).

CAPITOLO TRE

1. Gioco di parole intraducibile fra "seal" (suggellare) e SEAL (ndt).

Also by Susan Stoker

Armi e Amori

Proteggere Caroline

Proteggere Alabama

Proteggere Fiona

Il Matrimonio di Caroline

Proteggere Summer

Proteggere Cheyenne

Proteggere Jessyka

Proteggere Julie

Proteggere Melody

Proteggere il Futuro

Proteggere Kiera

Proteggere i figli di Alabama

Proteggere Dakota

Delta Force Heroes

Salvare Rayne

Salvare Emily

Salvare Harley

Il Matrimonio di Emily

Salvare Kassie

Salvare Bryn

Salvare Casey

Salvare Sadie
Salvare Wendy
Salvare Mary
Salvare Macie
Salvare Annie (Feb 2022)

Forze Speciali alle Hawaii

Trovare Elodie
Trovare Lexie (10 Aug 2021)
Trovare Kenna (Oct 2021)
Trovare Monica
Trovare Carly
Trovare Ashlyn
Trovare Jodelle

Mercenari di Montagna

Difendere Allye
Difendere Chloe
Difendere Morgan
Difendere Harlow
Difendere Everly
Difendere Zara
Difendere Raven

Ace Security *(Prossimamente)*

Il riscatto di Grace

Il riscatto di Alexis
Il riscatto di Bailey
Il riscatto di Felicity
Il riscatto di Sarah

In inglese:

Delta Force Heroes Series

Rescuing Rayne
Rescuing Aimee (novella)
Rescuing Emily
Rescuing Harley
Marrying Emily (novella)
Rescuing Kassie
Rescuing Bryn
Rescuing Casey
Rescuing Sadie (novella)
Rescuing Wendy
Rescuing Mary
Rescuing Macie (novella)
Rescuing Annie (Feb 2022)

Delta Team Two Series

Shielding Gillian
Shielding Kinley
Shielding Aspen
Shielding Jayme (novella)

Shielding Riley
Shielding Devyn (May 2021)
Shielding Ember (Sep 2021)
Shielding Sierra (Jan 2022)

Eagle Point Search & Rescue

Searching for Lilly (Mar 2022)
Searching for Bristol (Jun 2022)
Searching for Elsie (Nov 2022)
Searching for Caryn (TBA)
Searching for Finley (TBA)
Searching for Heather (TBA)
Searching for Khloe (TBA)

Badge of Honor: Texas Heroes Series

Justice for Mackenzie
Justice for Mickie
Justice for Corrie
Justice for Laine (novella)
Shelter for Elizabeth
Justice for Boone
Shelter for Adeline
Shelter for Sophie
Justice for Erin
Justice for Milena
Shelter for Blythe
Justice for Hope

Shelter for Quinn

Shelter for Koren

Shelter for Penelope

SEAL of Protection: Legacy Series

Securing Caite

Securing Brenae (novella)

Securing Sidney

Securing Piper

Securing Zoey

Securing Avery

Securing Kalee

Securing Jane

SEAL Team Hawaii Series

Finding Elodie

Finding Lexie (Aug 2021)

Finding Kenna (Oct 2021)

Finding Monica (TBA)

Finding Carly (TBA)

Finding Ashlyn (TBA)

Finding Jodelle (TBA)

Ace Security Series

Claiming Grace

Claiming Alexis

Claiming Bailey

Claiming Felicity
Claiming Sarah

Mountain Mercenaries Series

Defending Allye
Defending Chloe
Defending Morgan
Defending Harlow
Defending Everly
Defending Zara
Defending Raven

Silverstone Series

Trusting Skylar
Trusting Taylor
Trusting Molly (July 2021)
Trusting Cassidy (Nov 2021)

SEAL of Protection Series

Protecting Caroline
Protecting Alabama
Protecting Fiona
Marrying Caroline (novella)
Protecting Summer
Protecting Cheyenne
Protecting Jessyka
Protecting Julie (novella)

Protecting Melody
Protecting the Future
Protecting Kiera (novella)
Protecting Alabama's Kids (novella)
Protecting Dakota

BIOGRAFIA

L'autrice best seller del *New York Times*, *USA Today,* e *Wall Street Journal*, Susan Stoker ha un cuore grande come lo stato del Texas, dove vive, ma questa tipica ragazza americana ha trascorso gli ultimi quattordici anni vivendo nel Missouri, in California, in Colorado, e nell'Indiana. È sposata con un ex militare dell'esercito, che ora la segue in tutto il Paese.

Ha debuttato con la sua prima serie nel 2014, seguita dalla serie SEAL of Protection, che ha consolidato il suo amore per la scrittura, e la creazione di storie in cui i lettori possono perdersi.

Se ti è piaciuto questo libro, o qualsiasi libro, per favore considera di lasciare una recensione. Gli autori lo apprezzano più di quanto tu possa immaginare.

www.stokeraces.com

susan@stokeraces.com

www.ingramcontent.com/pod-product-compliance
Lightning Source LLC
Chambersburg PA
CBHW070042130726
47907CB00017B/1278

* 9 7 8 1 6 4 4 9 9 1 9 0 9 *